Charlotte Gingras

La liberté?
Connais pas...

la courte échelle

Les éditions de la courte échelle inc.
5243, boul. Saint-Laurent
Montréal (Québec) H2T 1S4

Direction de collection:
Annie Langlois

Révision:
Lise Duquette

Conception graphique de l'intérieur:
Derome design inc.

Dépôt légal, 3e trimestre 2005
Bibliothèque nationale du Québec

La courte échelle reconnaît l'aide financière du gouvernement du
Canada par l'entremise du Programme d'aide au développement de
l'industrie de l'édition pour ses activités d'édition. La courte échelle
est aussi inscrite au programme de subvention globale du Conseil
des Arts du Canada et reçoit l'appui du gouvernement du Québec par
l'intermédiaire de la SODEC.

La courte échelle bénéficie également du Programme de crédit d'impôt
pour l'édition de livres — Gestion SODEC — du gouvernement du
Québec.

*L'auteure remercie le Conseil des arts et des lettres du Québec pour son
appui financier.*

Données de catalogage avant publication (Canada)

Gingras, Charlotte

   La liberté? Connais pas…

   Réédition.

   (Roman Ado; ADO22)
   Publ. à l'origine dans la coll.: Roman+. 1998.

   ISBN 2-89021-823-6

   I. Titre. II. Collection.

PS8563.I598L52 2005   jC843'.54   C2005-940603-8
PS9563.I598L52 2005

Imprimé au Canada

Charlotte Gingras

Quand elle était jeune, Charlotte Gingras disait que, plus tard, elle serait une artiste. Aujourd'hui, elle est écrivain, elle fait de la photographie et s'intéresse beaucoup aux arts visuels. Chaque année, elle rencontre des centaines de jeunes dans les écoles et les bibliothèques pour leur parler de ses livres.

À la courte échelle, elle a publié plusieurs romans pour les jeunes. Fait exceptionnel, deux d'entre eux, parus dans la collection Roman+ pour les adolescents, ont reçu le prestigieux Prix littéraire du Gouverneur général, texte jeunesse, soit *La liberté? Connais pas...* en 1999 et *Un été de Jade* en 2000. De plus, ils font partie de la sélection des clubs de lecture pour adolescents, et ils sont traduits en allemand, en néerlandais et en chinois. Quant à son roman *La boîte à bonheur*, publié dans la collection Mon Roman, il a reçu le prix du livre M. Christie en 2004.

Dans ses temps libres, Charlotte Gingras aime flâner sur les terrasses des cafés et faire de grandes promenades en forêt. L'été, elle se retire dans sa petite île au milieu du fleuve pour écrire dans le calme et profiter de l'air marin.

De la même auteure, à la courte échelle

Charlotte Gingras

La liberté?
Connais pas...

la courte échelle

Savez-vous ce que c'est, une mirabelle?
Petite prune ronde et jaune. On en fait des
confitures et de l'eau-de-vie.
Ma mère m'a raconté que, à ma naissance,
j'étais toute ronde avec un duvet blond sur
la tête. Dès qu'elle m'a vue, elle a choisi
pour moi ce nom de Mirabelle.
Elle a l'air gourmande quand elle raconte
cette histoire, ma mère.

Chapitre 1

Les pensées noires

J'ai presque quinze ans et je n'ai pas d'amis. Si j'en avais, je leur demanderais de m'appeler Mira. En espagnol, «Mira» signifie «Regarde», même que la fondation des chiens-guides porte ce nom-là. Moi, je trouve ça beau comme nom de fille: *Mira, celle qui regarde*.

Le midi, je mange seule à la cafétéria, ensuite je file par les corridors et les escaliers jusqu'à la bibliothèque. Cette école, c'est un vrai labyrinthe. Je m'installe tout au fond, près de la fenêtre. Avant d'ouvrir un nouveau livre, je jette un coup d'oeil au jeune érable qui pousse sur le trottoir, en face. Je l'aime. Je l'aime parce qu'il est maigre et qu'il essaie de survivre dans son carré de terre, coincé entre l'asphalte, les autos, les bicyclettes et les piétons. On appelle ça un environnement hostile au développement de la vie. Ses feuilles commencent à changer de couleur. Quelques-unes sont tombées, déjà.

Lire, ça, ma mère ne me l'a jamais défendu. Et moi, depuis que je sais que les lettres forment des mots et que les mots rassemblés racontent une histoire, j'ai toujours emprunté des piles de livres à la bibliothèque. J'en mets plein mon sac à dos et je les apporte jusqu'au demi-sous-sol de la rue des Amélanchiers où nous habitons, elle et moi.

Tous les soirs, dans la chambre du fond, couchée en travers du lit, je disparais dans les aventures des autres. Je me transforme en biologiste qui mâche des feuilles en compagnie des gorilles, en caribou qui galope dans la toundra, la tête haute, je m'élance au-dessus du fleuve avec les oies des neiges en avril. Je fouille dans les livres de zoologie, j'apprends à reconnaître les espèces, leur habitat, leur cri d'appel. Par exemple, les orignaux adorent manger des nénuphars et ils perdent leur panache tous les hivers. C'est incroyable! Un animal gros comme un cheval qui grignote des nénuphars! Un panache de la largeur d'une autoroute qui repousse chaque année!

Moi, je lirais toutes les nuits toute la nuit. Mais bon. À un moment donné, j'entends ses pas dans le corridor. Ma mère entre sans frapper. «Ça suffit, Mirabelle.»

La nuit, après que j'ai éteint la lumière, je croise mes mains sous la nuque, je fixe le plafond et j'imagine des choses. Je rêve. Parfois, quand je suis sûre qu'elle dort, je me relève en silence, je n'allume que la veilleuse. La plupart du temps, je reste couchée sur le dos, je fixe le plafond et c'est la même image qui apparaît: un tout petit lac circulaire, des montagnes autour, un quai de planches.

Moi, au bout du quai de planches, je défais la corde, je saute dans la chaloupe. Une poussée, elle s'éloigne du bord. Je plonge les rames dans l'eau transparente, je les ramène vers moi, la chaloupe glisse par petits coups, sans aucun bruit. Très lentement, je flotte jusqu'au centre du lac et je laisse tomber loin loin au fond, comme un caillou, l'ancre noire.

Je reste tout à fait immobile. Une truite saute à la surface du lac. Un plouf et des ronds dans l'eau qui s'éloignent et disparaissent à mesure qu'ils s'élargissent, au ralenti.

Ensuite, il ne se passe plus rien. Juste du silence.

Aujourd'hui, le prof d'arts plastiques m'a prise à part. À l'école, on le surnomme l'oiseleur parce qu'il soigne les oiseaux, paraît-il. Je me demande s'il recueille la mésange blessée sur le seuil de sa porte, s'il caresse ses plumes ébouriffées... Répare-t-il sa patte brisée? Et la tourterelle morte de tristesse, est-ce qu'il l'enterre au fond du jardin?

— Mirabelle, tu as du talent, je le sais. Ton professeur de l'an dernier m'a parlé de toi. Pourtant, tu ne t'es pas donné la peine de terminer l'exercice sur le mélange des couleurs primaires, ni celui sur le lavis à l'aquarelle, ni celui sur la technique du pastel sec. Comme si tu abandonnais en chemin... Qu'as-tu?

Il ne sait pas, lui. Il ne sait rien de moi. Une main invisible pousse sur mon crâne et essaie de m'enfoncer plus bas que terre.

Ma mère est assise dans le fauteuil avec ses broches à tricoter qui cliquettent, une grosse balle de laine jaune serin à ses pieds dans un panier d'osier. Je me tiens debout devant elle, au milieu du salon. J'ai les mains moites. J'ai toujours les mains moites.

— Je n'aime pas le jaune. J'ai l'air d'un poulet malade à côté du jaune. C'est à cause de ma peau pâle. Je ne veux pas d'un chandail jaune pour ma fête.

— Parle plus fort, soupire ma mère, on n'entend jamais rien de ce que tu racontes.

Je serre les poings derrière mon dos.

— Je n'aime pas le jaune. J'ai l'air d'un poulet malade à côté du jaune. C'est à cause de ma peau pâle. Je ne veux pas, je ne veux pas d'un chandail jaune pour ma fête!

Ma mère sourit.

— Mais oui, Mirabelle, tu aimes le jaune. Tu aimeras le jaune. Tu l'aimes déjà.

Elle se remet au tricot avec un sourire qui flotte sur ses lèvres. Et je m'en vais dans ma chambre avec mes poings serrés, mes mains moites et l'envie de crier.

Ma chambre ne m'appartient pas vraiment. Mais c'est mieux qu'avant. Avant, on dormait dans la même chambre, dans des lits jumeaux collés l'un à côté de l'autre et, la nuit, je l'entendais respirer. Impossible de rêver.

Ma mère a choisi la couleur des murs: vert pâle. Ma mère a choisi la couette qui va sur le lit. Le lit. Le rideau de dentelle à la fenêtre. La commode et ce qu'il y a dedans. Mais pas mes objets-souvenirs posés dessus, mon chien de bois sculpté et mon oiseau, la buse Brenda aux ailes déployées. Dans la garde-robe, sur les cintres, les manteaux, les robes, les pantalons qu'elle a confectionnés pour moi. Sur la tablette du haut, des boîtes de carton remplies de tricots, de vêtements, de retailles et de balles de laine. Je porte toujours les mêmes vêtements, un *legging* noir et un chandail noir. Quand ils sont sales, je les lave et les remets. Ça la rend furieuse.

Je flatte tous les chats et les chiens que je rencontre sur le chemin de l'école. Je pense que j'ai commencé à caresser les bêtes avant de savoir parler et marcher. La première fois dont je me souviens, c'est lorsque la petite voisine m'avait tendu son chaton par la peau du cou en déclarant: «J'te l'prête rien que pour une heure!» J'avais eu juste le temps de tendre les paumes, elle courait déjà vers la ruelle. Ma mère l'appelait «l'excitée».

Le chaton tigré s'était endormi en ronronnant dans mes mains. Je l'avais déposé avec tout plein de précautions dans une boîte à chaussures qui servait de lit à ma poupée. Il dormait couché sur le côté, une patte ramenée devant son museau humide. J'avais déposé sur sa fourrure la couverture de poupée que ma mère avait tricotée avec des restants de laine, une bande rouge, une bande verte plus mince, une bande bleue, du violet, du brun, n'importe quoi. Il avait l'air si fragile.

J'avais effleuré avec un doigt son crâne soyeux, je lui avais chuchoté des mots d'amour. J'avais approché l'oreille de la couverture bariolée, là où le ventre faisait une petite bosse qui bougeait quand il respirait. J'étais restée penchée sur lui, longtemps.

La nuit, parfois, l'image du lac n'apparaît pas. Je me lève et je vais me planter devant le miroir au-dessus de la commode. J'enlève le grand t-shirt que je mets pour dormir. À la lumière de la veilleuse, j'examine mon corps qui pousse comme de la mauvaise herbe avec trop de jambes, trop de bras, des hanches maigres. Je ne le reconnais plus. Ça me fait peur. J'examine mes seins minuscules, le sein droit pousse plus vite que le gauche,

c'est inquiétant. Je ne touche à rien. Je me
regarde grandir. Depuis que j'ai mes règles,
j'ai encore plus peur.

Il paraît que l'oiseleur est sévère et qu'il
s'adresse aux élèves avec des mots compliqués, comme s'il enseignait au cégep. Moi,
je ne trouve pas. Assise tout en avant de la
classe, je l'écoute nous parler de la lumière et
je comprends tout ce qu'il explique. J'aime
sa voix.

— L'automne est la saison idéale de l'année pour observer le spectre des couleurs
chaudes qui va du jaune au presque noir, en
passant par toute la gamme des bruns, des
ocres, des rouges, des ors, dit-il en nous
montrant le tableau des couleurs. Regardez,
ici...

Ça frappe à la porte, on se retourne tous en
même temps. Une fille se tient sur le seuil.
Une fille avec un carton à dessin sous le bras,
une couette en forme de palmier sur le dessus de la tête, un blouson de cuir et un *legging* avec des losanges verts et violets, une
petite jupe par-dessus, des bottines noires.

— Allô, dit-elle avec une voix rauque de
chanteuse rock. Je suis nouvelle. C'est bien

ici, le local 230 du corridor B? Le local d'arts plastiques?

Comme si ça ne se voyait pas, avec les chevalets entassés contre le mur, les tabourets, le tableau des couleurs...

Les gars, eux, ouvrent grand la bouche et oublient de la refermer, parce qu'elle est belle et que ses lèvres brillent de rouge carmin. L'oiseleur lui souhaite la bienvenue, et elle en profite pour se présenter.

— Je m'appelle Catherine. Vous pouvez m'appeler Cath.

Là-dessus, elle vient s'asseoir à la seule place libre, à côté de moi. Franchement, j'aimerais mieux qu'elle s'installe ailleurs.

Le prof termine ses explications et nous donne un devoir: choisir un arbre aux feuilles rouge et or, «un arbre chatoyant», précise-t-il, en faire une première esquisse. Puis le reprendre au crayon de couleur ou au pastel. Nous avons deux semaines pour trouver notre arbre, le dessiner et remettre le travail final.

Je rêve de m'arrêter au Stop Café après l'école. Évidemment, c'est impossible. Elle m'attend en fixant l'horloge de la cuisine.

De toute façon, on ne peut pas aller au Stop Café toute seule. De quoi j'aurais l'air, assise au comptoir, sans personne à qui parler? Quand je passe sur le boulevard, en rentrant rue des Amélanchiers, je ne peux pas m'empêcher de jeter un coup d'oeil à travers la vitre. C'est toujours plein de rires et de conversations que je n'entends pas, sur les banquettes bleues le long de la fenêtre. Et les frites sont les meilleures en ville. C'est ce qu'on dit dans les couloirs de l'école.

Je prends l'annuaire, l'apporte dans ma chambre. C'est à cause de la fille à la couette.

Ce midi, à la bibliothèque, j'essayais de lire le grand livre des mammifères du Canada. Je n'y arrivais pas. Je ne pouvais pas m'empêcher de lever les yeux toutes les trente secondes. De l'autre côté de la fenêtre, le jeune érable, celui qui survit dans un environnement hostile au développement de la vie, était blessé. C'est facile d'imaginer ce qui s'est passé. Une auto lui a foncé dedans, le chauffeur s'est sauvé. Ça me fait frissonner, un arbre écorché. Et les pissoux, ça m'enrage. Ceux qui ne font pas attention, abîment les arbres et les laissent souffrir et dépérir.

Ceux qui s'en vont.

J'étais donc dans la lune, en train de réfléchir et d'avoir peur pour lui, quand une voix moqueuse a lancé dans mon dos: «Toi, je gage que tu es le genre à lire tout le temps, même l'annuaire du téléphone quand tu n'as rien d'autre à te mettre sous la dent!»

C'était bien elle, une pile de magazines dans les bras, qui a continué son chemin sans attendre de réponse en faisant osciller son palmier et ses hanches. Elle ne sait pas qu'à la bibliothèque on garde le silence? Pourquoi s'est-elle approchée de moi? De quoi elle se mêle?

Bon. Le premier nom de l'annuaire, c'est Aabi et le dernier, Zywicka. Entre ces deux noms-là, 1 679 pages de noms écrits en colonnes. Ces noms représentent des personnes, non? Ces personnes marchent dans les rues, prennent le métro et l'autobus, mangent et parlent et rient et se serrent dans les bras, non?

J'ai des cheveux longs, épais, que je noue en une longue natte qui a l'air d'un cordage pour amarrer les cargos. Quand j'étais petite, ma mère démêlait mes cheveux chaque matin. Ils étaient dorés, aussi épais que maintenant. Les nattes y imprimaient des vagues et ils allongeaient si vite qu'on pouvait presque les voir pousser.

Elle tirait sur ma crinière avec le peigne qui grattait la peau du crâne. Ensuite, elle creusait une raie bien nette, en plein centre, entrelaçait les mèches en deux nattes tricotées serré, entortillait un élastique au bout de chacune. Parfois, elle ramenait les tresses en couronne sur le dessus de ma tête.

Je pleurais pendant l'opération démêlage. J'aurais tant voulu des cheveux pareils à ceux de la petite voisine au chat qui riait et courait dans la ruelle. Je ne jouais pas avec elle ni avec les autres enfants du quartier.

Alors, quand j'étais jeune et que je regardais la petite excitée, je me posais la question: avoir les cheveux courts, est-ce que ça rend heureux?

Hier, il pleuvait. Aujourd'hui, dimanche, ma mère exige son dû. Il faut mettre le manteau marine et le foulard de mohair une maille à l'endroit une maille à l'envers. Je hais les fins de semaine.

Nous partons pour la promenade à travers

le quartier désert. Elle me tient par le bras et commence par se plaindre des voisins et de leurs enfants bruyants. Des nouvelles du télé-journal, rien que des crimes et du désordre. Elle s'inquiète aussi parce qu'elle a vu cette semaine à la télévision un défilé de mode. Elle y a reconnu la robe ivoire qu'elle avait créée l'année dernière, celle avec un col Claudine et des appliques de dentelle, et peut-être même ce cardigan en laine d'agneau. Est-ce que quelqu'un l'aurait vue? Elle l'avait portée, cette robe, une fois ou deux pendant l'été. Le cardigan, non. Il est resté dans sa boîte. Et si «ils» la copiaient? Rien que d'y penser, sa voix monte d'un cran. Si «ils» lui volaient ses modèles? On ne sait jamais.

Moi, je rentre la tête dans les épaules. Qui ça, «ils»? Qui pourrait bien s'intéresser aux créations de Marie Petit? À ses robes chamarrées, à ses affreux tricots?

J'écoute, je n'écoute plus, je me laisse conduire par elle, nous marchons longtemps. J'examine les fentes du trottoir qui défilent sous mes pieds. Je me perds dans les fentes du trottoir. Je suis une buse pattue, un faucon pèlerin, je plane au-dessus des champs carrelés, au-dessus des sillons et des ruisseaux, des crevasses, à la recherche d'une proie.

— Tiens-toi droite, Mirabelle! Qu'est-ce que tu as à ramener les épaules en avant?

Je marmonne n'importe quoi, elle grogne:

— Le fais-tu exprès? On n'entend jamais ce que tu dis!

Un voisin nous croise, je vois son regard surpris. Des fois, j'imagine que les gens du quartier nous montrent du doigt dans notre dos lorsque nous passons. «C'est sa fille! Vous avez vu? C'est la bizarre avec sa fille!»

Quand je marche avec ma mère et que nous allons d'une rue à l'autre, quadrillant le quartier désert, le dimanche après-midi, j'ai l'impression de porter un collier de cuir autour du cou et que de temps en temps elle tire sur la laisse. «Au pied, Mirabelle, au pied.»

Chapitre 2

L'arbre mort trop jeune

J'ai déjà eu un père.

Quand j'étais très petite — j'ai une mémoire d'éléphant —, il m'avait offert une grande boîte de crayons de couleur. Il me prenait sur ses genoux, faisait glisser hors de sa boîte un des crayons de bois, aussi pointu qu'un stylet. «Rouge cardinal», disait-il, et je me trémoussais de plaisir. Il en saisissait un autre, le tournait entre ses doigts. «Turquoise irisé comme la queue du paon! Roux comme le pelage roux du renard roux!» Et le jeu continuait pour chacun des bâtonnets de bois. Je me rappelle toutes les couleurs de la boîte: le bleu sarcelle et l'autre plus clair, l'orange, le vert forêt, le vert salamandre, la couleur peau de chamois. Lorsqu'il annonçait enfin «Jaune colibri!», mon préféré — il le sortait toujours en dernier —, je zozotais en riant de bonheur: «Non, non, zaune pinzon! Zaune zerin!» C'est plus tard que je me suis mise à aimer le noir. À détester le jaune.

J'arrête de lire, lève les yeux. D'abord, l'histoire vraie de la femme aux gorilles, c'est trop triste. Elle qui avait voyagé jusqu'au coeur de l'Afrique pour étudier les grands singes, elle qui les aimait d'amour, elle ne parvenait pas à les protéger des braconniers qui les pourchassaient et les tuaient. Ensuite, l'érable devant la fenêtre est mort. La blessure était trop profonde, il a perdu toutes ses feuilles d'un coup. J'ai mon cahier de croquis. Je vais le dessiner à la mine de plomb. Tout noir. Tout sec. Sans feuilles.

Quand mon père vivait avec nous, nous habitions un logement plus grand. Ils se querellaient sans cesse. Ma mère, la nuit, quittait le grand lit et venait dormir dans le lit jumeau à côté du mien.

Maintenant, il vient de plus en plus rarement, et ça se passe presque toujours pareil. Il dépose un chèque sur la table de la cuisine. Parfois, il dit: «On va faire un tour d'auto.»

D'autres fois, il reste silencieux. Il a des yeux bleu triste et me regarde par en dessous. Elle crie. Il baisse la tête. Et moi, je voudrais, je voudrais être ailleurs. Il s'en va. Je ne veux pas qu'il m'embrasse en partant, je détourne la joue. «Va! Va retrouver tes maîtresses!» hurle maman. Elle se tourne vers moi, chuchote: «Il a des putes dans sa vie.» Les putes ouvrent les jambes et elles le laissent entrer en elles. À ce qu'il paraît.

À la lumière de la veilleuse, j'examine mes seins dans le miroir. Je supplie le gauche de rattraper le droit et, pour l'encourager, je le caresse, comme je le ferais pour une petite loutre ou un petit vison apeuré, très tendrement, du bout des doigts.

Mon geste ralentit, mon autre main va se poser doucement sur l'autre sein. C'est doux. Des vagues chaudes. C'est si bon, les vagues.

C'est dimanche. Mon père arrive et, en déposant le chèque sur la table de la cuisine, il me contemple comme s'il ne me reconnaissait plus. Il prend un air mélancolique et murmure quelque chose à propos d'une enfant blonde et charmante, tellement jolie, qu'il assoyait sur ses genoux, autrefois, à qui il prenait une touffe de ses cheveux entre ses mains. Il en soupesait la force, il disait: «Tu pourrais tirer un autobus avec cette crinière-là!»

De cette période, je me souviens qu'il rentrait tard, partait de bonne heure. Ma mère pleurait, vociférait. J'avais peur qu'elle s'arrache la peau du visage. Elle fixait le mur et répétait: «Je suis seule, je suis seule, je suis seule.» Ma mère. Et toutes les deux, on attendait qu'il revienne.

J'ai envie de manger un sac de nachos au grand complet. J'ai envie de partir en auto-stop vers le nord, jusqu'au bout de la route. J'ai envie de couper mes cils. Il y a des jours où, à l'intérieur de mon thorax, je sens que ça va exploser dans toutes les directions. Ça fait mal. Rien n'explose. Alors, je n'ai plus envie de rien. Juste de me coucher en travers de mon lit et d'attendre que ça passe.

Il y a longtemps, ma mère gardait dans ses tiroirs une drôle de fourrure. Un renard fauve qui se mordait la queue pour se tenir bien en

place autour du cou des grands-mères, autrefois. Un jour, elle l'a coupé en deux, le corps
poilu est devenu le col d'un manteau, et elle
m'a donné la tête aux yeux de verre. J'avais
dans les deux, trois ans, l'âge où on a le front
juste à la hauteur des genoux des adultes.

Une fois, j'étais assise sous la table de la
cuisine avec Renard. J'ai pressé les pouces
sous son menton pour lui ouvrir la bouche et
en même temps j'ai scruté ses yeux ronds et
rapprochés qui luisaient dans la mi-ombre.
Un frisson m'est passé sur la nuque et j'ai
arrêté.

À la place, je me suis mise à surveiller, à
travers les barreaux des chaises, les jambes
minces de ma mère qui allaient et venaient
dans la cuisine. J'ai pointé Renard vers ses
jambes et, encore une fois, j'ai pressé les
pouces sous le menton de ma bête. Elle a ouvert la gueule. L'a refermée.

Ça m'a donné une idée. Sans faire de
bruit, je suis sortie de ma cachette, j'ai lou-
voyé vers ma mère, qui me tournait le dos,
affairée près du comptoir. Je me suis age-
nouillée derrière elle, j'ai avancé la tête de
Renard, il a attrapé le rebord de sa robe, je
l'ai lâché. Je me suis sauvée à quatre pattes
vers ma cabane.

Ma mère bougeait là-bas, la tête poilue suivait le mouvement de ses hanches et se balançait, agrippée de toutes ses forces. Renard était très méchant ce jour-là, ses yeux crachaient des flammèches. Je me suis mise à rire, bien cachée dans mon abri.

Plus tard, je l'ai perdu, ou quelqu'un l'a jeté parce qu'il était tout vieux, tout pelé.

Renard me manque.

— Quelqu'un peut m'aider?

Je me retourne, mon coeur se serre. Une jeune femme à la crinière rousse, avec des lunettes sombres, une canne blanche à la main, me sourit en regardant ailleurs.

— C'est la première fois que je viens dans ce quartier. Je n'ai aucun repère. L'école est bien en face?

— Oui. Venez.

On ne peut quand même pas refuser son aide à une aveugle. Je lui prends le bras et nous traversons lentement le boulevard. J'ai peur qu'elle trébuche. Je décide de lui donner des explications supplémentaires. Ça peut toujours servir si jamais elle revient.

— Ici, devant l'entrée de l'école, il y a tellement de fentes de trottoir sous les pieds que vous ne pouvez pas vous tromper. Vous n'avez qu'à tourner à droite. Ensuite, il y a cinq marches à monter et une rampe de votre côté. Ouais, c'est ça. On pousse la porte, elle est un peu lourde, et tout de suite à gauche le secrétariat.

— Merci, dit-elle. Tu es un bon guide.

Quelque chose me tracasse. Comment peut-elle se fier à n'importe qui pour traverser les rues et tout? Et cette école, c'est un vrai labyrinthe. C'est pour ça que j'ose lui demander:

— Pourquoi vous n'avez pas un chien-guide? Les chiens, c'est mieux que les humains.

Là-bas, dans les pays étrangers, il y a la guerre. C'est ce qu'on raconte à la télé. Personne ne sait qu'ici, dans le demi-sous-sol de la rue des Amélanchiers, dans la cuisine, dans le salon, c'est la guerre aussi. Une guerre silencieuse. Jamais on n'en parle à la télé.

Ici, la paix, c'est quand je me tais. Elle dit: «Lui, le salaud.» Je me tais. Depuis que j'ai mes règles, elle dit: «Ne m'arrive pas enceinte.» Je me tais. Elle dit: «Tu aimeras le jaune.» Je me tais, je me tais, je me tais. Je me tais tellement.

J'ai les mains moites. L'oiseleur a décidé de commenter les dessins des arbres devant toute la classe. Peut-être est-il aussi sévère qu'on le dit.

Lorsqu'il pose le dessin de Catherine sur le chevalet, un murmure d'admiration traverse la classe.

— J'ai choisi celui-ci parce que son travail illustre à la perfection le flamboiement automnal, quand la nature réunit ses dernières énergies dans un éclat de beauté. Remarquez la subtilité des jaunes, des orangés, des marrons. Voyez comment son arbre envahit l'espace. Voyez la vie exploser en feu d'artifice dans toutes les directions!

Je suis d'accord avec lui. Pour chaque feuille, une tache au pastel, et je ne sais pas comment elle a pu réussir à y mettre toute cette lumière dorée.

Il se tourne vers moi. Déjà! Ça ne va pas bien se passer, je le sens, je le sens, je le sens.

— Mirabelle, tu n'as pas suivi mes consignes. Tu n'as pas travaillé la lumière, tu n'as pas travaillé la couleur. Si on n'obéit pas aux consignes, c'est qu'on a une bonne raison, n'est-ce pas? Et il faut travailler particulièrement fort...

Il dépose ma pile de croquis sur son bureau, choisit celui du dessus, mon préféré, le dépose sur le chevalet à côté de celui de Catherine. C'est absolument horrible de voir, près de l'arbre flamboyant, le jeune érable écorché, sans aucune feuille.

— Mirabelle a pris un autre chemin. Au lieu de faire vivre la splendeur de l'automne, elle a exprimé, par une ligne pure, dure, utilisant le crayon comme un stylet... elle...

Il hésite, enlève le dessin de Catherine, laisse le mien tout seul, face à la classe. Pourquoi fait-il ça? Je voudrais m'enfuir.

— Prenez le temps d'observer celui-ci, sans la présence de l'autre croquis qui l'éteint et nous empêche de voir le travail plus austère, plus raffiné, plus dur aussi, de Mirabelle.

Il hésite encore, me jette un coup d'oeil.

— Tu... Pour moi, ton arbre est une image de la mort qui s'en vient. Ce que tu as fait est très beau, Mirabelle.

Dans la classe, pas un son, rien. Puis il ajoute, rêveur:

— J'ai l'impression que ces deux dessins

sont des opposés. L'endroit et l'envers d'une même médaille...

L'oiseleur passe très vite les autres croquis en revue. Il n'a pas de commentaire particulier à faire, dit-il. Il nous donne, à Catherine et à moi, la plus haute note.

Mon père. Mon père. Il ne vient pas souvent et, quand il vient, c'est toujours le dimanche. Alors, au lieu d'aller marcher toute seule avec elle, je les accompagne faire un tour dans sa Land Rover.

Ma mère se calme lorsque nous partons en promenade. Elle se tait, mon père conduit en silence, nous allons dans la campagne ou dans les montagnes au nord de la ville. Je suis assise derrière et je veux mourir.

Je ne devrais pas être avec eux. Je devrais être dehors à... À quoi? À respirer? À approcher, à pas de loup, les garçons? Je ne suis pas capable. Je veux m'enfuir quand leurs yeux se posent sur moi, des yeux pleins de faim, comme si j'étais une pizza toute garnie et qu'ils n'avaient rien mangé depuis une semaine.

La dernière fois qu'on est allés faire un tour d'auto, le mois dernier, j'étais assise derrière, à mon habitude, et je regardais vaguement par la vitre ouverte. L'auto s'est arrêtée à un feu rouge. Deux garçons plus vieux, seize, dix-sept ans, qui flânaient sur le trottoir, ont jeté un coup d'oeil à l'intérieur. Le premier m'a dévisagée, l'autre a sifflé.

J'ai rougi, me suis recroquevillée au fond de la banquette. Ma mère s'est retournée brusquement. Mon père, lui, souriait dans le rétroviseur. Ma mère fâchée, mon père qui rigolait. De quoi? Les garçons se sont éloignés en se donnant des coups de poing dans les côtes. «Beau bébé!» a dit l'un. «Ouais, pas pire, a répondu l'autre. Tu as vu la Land Rover?»

Leurs visages me faisaient peur et m'attiraient. Pourquoi avaient-ils un air effronté de propriétaires? Et cette lueur dans l'oeil? Ils me trouvaient attirante? Moi? Je suis sûre que Catherine, la fille à la couette perchée sur le dessus de la tête, sait tout de ces choses-là.

Quand elle me voit, près de la fenêtre, elle s'approche.

— Salut! Ah! C'est ton arbre, là, dans la rue. Je le reconnais!

— Chut! Pas si fort, on est à la bibliothèque!

Mais je ne peux pas m'empêcher de sourire. À cause de la couette palmier qui oscille. Des étincelles dans ses yeux.

Elle fait «Oups!» et puis, plus bas: «On est les deux meilleures de la classe en dessin. Je veux devenir designer de mode. Et toi?»

Je sens que je rougis, mes mains deviennent moites. Moi qui n'ai jamais confié mes rêves à personne, j'ose chuchoter:

— Peintre animalier. Je veux écrire des histoires d'animaux. Voyager dans les contrées sauvages.

— Wow, Mirabelle! Tu en as des projets!

— Tu peux m'appeler Mira.

Chapitre 3

Je brame très bien
pour une fille

Ça va mieux. Ça va bien. J'ai perdu presque toutes mes idées grises, mes idées kaki, mes idées noir charbon. Même que j'ai accepté de porter le foulard de mohair rose thé que ma mère a tricoté pour moi, que j'enroule trois fois autour de mon cou. Ça me garde au chaud.

D'ailleurs, je n'ai pas que de mauvais souvenirs, avec ma mère. Par exemple, je me rappelle très bien les espadrilles rouge pompier qu'elle m'avait offertes pour mon cinquième anniversaire. À cet âge-là, on adore le rouge pompier. Ma mère avait passé les lacets dans les trous, attaché les boucles, mes pieds s'agitaient tout seuls: «Vite, maman, vite!»

Je m'étais mise à courir dans le corridor. Les semelles de caoutchouc ne faisaient aucun bruit sur le plancher de bois verni, elles ne dérapaient pas. J'étais tout étonnée de me sentir légère et puissante à la fois, comme un animal libre de la forêt. Une biche bondissait, courait de la porte d'en avant jusqu'à celle d'en arrière, freinait à la dernière minute et repartait dans l'autre sens. Elle avait des ailes aux pattes, la biche aux sabots légers, elle s'échappait, s'échappait, elle allait s'envoler!

Pour aller à l'école, je prends la rue des Amélanchiers jusqu'au boulevard, je tourne à gauche et je descends vers le tunnel. Je n'aime pas ce tunnel. Il fait toujours froid là-dessous, même l'été. En plus, les murs suintent et, l'hiver, ça fait des coulées de glace. Je me dépêche de remonter de l'autre côté, vers la lumière. Une demi-heure de marche jusqu'à l'école, une demi-heure pour oublier Marie Petit, ses retailles et ses balles de laine. Je marche vite, il fait froid, c'est novembre. Je longe le parc au ginkgo et, plus loin, le dépanneur, le Stop Café. Enfin, j'arrive devant l'école. J'ai tellement hâte de retrouver Catherine!

Tous les midis, nous mangeons ensemble à la cafétéria et deux fois par semaine, après le cours d'arts plastiques, entre trois heures et demie et quatre heures et demie, nous allons au Stop Café. J'ai menti à ma mère, pour les horaires. C'est facile de mentir, lorsqu'on a une bonne raison.

Quand je retourne au demi-sous-sol de la rue des Amélanchiers, je suis tellement excitée, j'ai peur que ça paraisse. J'ai une amie. J'AI UNE AMIE!

Au Stop Café, assises l'une devant l'autre sur la dernière banquette du fond, on bavarde. Catherine m'offre une frite. Elle a plus d'argent de poche que moi, c'est presque toujours elle qui paie. Je lui raconte que je veux continuer à étudier le dessin et la peinture, et que c'est très long, paraît-il, avant d'être un vrai bon peintre. C'est l'oiseleur qui l'a dit en classe. Pour Cath, c'est pareil. Un jour, elle dessinera des robes qui seront vendues dans le monde entier.

Je suis muette à propos de ma mère. Cath trouve que la sienne est bizarre. Je n'en reviens pas. Il y en a d'autres? Sa mère est propriétaire de la chic friperie de luxe L'aventurière, au centre-ville. Le soir et les fins de semaine, elle apporte son ordinateur portatif à la maison, ou elle court à la recherche de modèles dégriffés ou d'antiques chapeaux.

— Ma mère aime ça, courir sur ses talons hauts. Elle boit son café debout, met en marche le lave-vaisselle en même temps qu'elle fait une brassée de lavage, se lève à cinq heures du matin pour prendre de l'avance sur son travail de comptabilité.

Mon amie soupire.

— En plus, on déménage chaque année, parce qu'elle a besoin de changer d'air. Elle est bien, ma mère, c'est juste qu'elle bouge trop. C'est pour oublier qu'elle est malheureuse. Elle l'attend encore.

— Elle attend qui?

Comme si je ne savais pas la réponse.

— Il n'est même pas venu à la pouponnière à ma naissance. Pfft...! Disparu, le prince charmant!

— Alors, il n'a pas pu faire d'imprégnation.

Cath ouvre de grands yeux.

— C'est quoi, ça?

— Il paraît que lorsqu'un parent prend pour la première fois son bébé dans ses bras, il devient amoureux. Il a juste envie de le protéger et de l'aider à grandir. On appelle ça l'imprégnation. Un jour, le célèbre zoologiste Konrad Lorenz a assisté à la naissance d'une oie. L'oeuf a craqué, Lorenz a fait l'appel de la mère et l'oie l'a suivi partout tant qu'elle a été petite. Il l'a nourrie, il l'a bercée, il l'a rassurée lorsqu'elle avait peur et les cauchemars et les égratignures aux genoux, et tout. Je sais, l'oie croyait que Konrad était sa mère. Mais je suis persuadée que ça marche avec les pères aussi. Et je sais bien que les oies ne font pas de cauchemars et qu'elles n'ont pas d'égratignures aux genoux. Les petites filles, oui.

J'arrête de parler de Konrad Lorenz et de son oie cendrée qui le suivait jusque dans son lit, parce que je m'aperçois que Catherine a les yeux pleins d'eau.

Ah non! Mon ex-père est là qui m'attend, au volant de sa Land Rover, à la sortie de l'école. Il klaxonne, fait de grands gestes. Impossible de me cacher. Alors, au lieu de rentrer au logement de la rue des Amélanchiers, je l'accompagne au Stop Café. Je vois les filles se retourner sur notre passage, parce qu'elles le trouvent beau. Je m'en fous qu'il soit beau. Si elles veulent un père comme ça, qu'elles le prennent. Moi, je n'en veux pas.

Il commande de la tarte aux pommes chaude avec un verre de lait pour m'amadouer, parce que j'aimais ça quand j'avais cinq ans. Il me dit de ne pas m'inquiéter, il a téléphoné à ma mère, il viendra me reconduire.

— Comment va Brenda la buse?

Il commence toujours de la même façon quand on se voit seuls. Comment va la bonne vieille Brenda et il n'attend jamais la réponse. La dernière fois, j'avais dans les douze ans, c'était pour m'annoncer qu'il ne m'emmenait pas en camping sauvage tel qu'il l'avait promis. Ma mère n'avait pas voulu. Elle ne veut pas non plus que j'aille chez lui.

Sans attendre la réponse, il me demande ce que je veux faire plus tard dans la vie, ajoute que c'est très important d'aimer son travail et que c'est mieux encore si on est passionné. Ah bon. Je réponds que je ne sais pas. Il voudrait que je le prévienne quand je saurai, parce qu'il serait heureux de payer mes études au cégep et même à l'université. Il s'inquiète pour moi: comment se fait-il que je n'aie pas de projets d'avenir, il serait temps d'y penser, non? Et là, brusquement, comme s'il freinait et repartait dans l'autre sens:

— Mirabelle, je sais que c'est difficile

pour toi la vie à la maison. Ta mère ne va pas bien. Elle n'a jamais été bien... Elle aurait besoin...

Je plaque mes mains sur mes oreilles. Il les enlève doucement.

— C'était trop dur pour moi de...

— Non!

Je renverse mon verre de lait, je bondis, traverse le Stop Café, file sur le boulevard, direction sous-sol. Je ne veux plus lui parler jamais!

Je le sais bien pourquoi il est parti, mon père. Il est parti parce que c'était trop dur de vivre avec une femme à moitié folle. Il est parti. Il est comme ça, mon père: pissou.

Catherine n'a peur de rien, je veux dire des garçons. Au Stop Café, pendant qu'on mange une frite à deux, je lui confie à voix basse que je n'ai jamais embrassé personne sur les lèvres, encore moins avec la langue. Je ne connais rien des baisers mouillés. Elle, ça la fait rigoler, ce que je lui raconte.

— Ce n'est pourtant pas compliqué, Mira!

Elle me décrit son amoureux de l'été dernier, ses petites lunettes rondes, ses jeans, ses grandes jambes, ses bras tentacules. Ça me rend mal à l'aise, un peu.

— C'est... c'était comment, l'embrasser?

— Quand sa langue touchait la mienne, j'avais des frissons, là, chuchote mon amie en touchant sa nuque du doigt.

Elle veut ajouter quelque chose d'autre, hésite.

— J'ai tellement hâte d'avoir un nouvel amoureux!

Je ne réponds rien. Alors elle me tend ses derniers croquis: des jupettes qui voltigent quand on danse.

— Tu vois, les plis à la taille, je les ferais tout petits et, ici, je mélangerais du velours grenat, du velours pêche et un tissu à carreaux dans les mêmes tons...

Au lieu d'examiner ses croquis, je fixe ses yeux étincelants, sa bouche rouge qui s'ouvre et se referme. Je n'entends plus rien de ce qu'elle me raconte parce que je me sens triste à mourir. Moi aussi, j'en voudrais, des frissons plein la tête et des jupes qui virevoltent. Je tends mon visage vers le sien par-dessus la table.

Catherine s'arrête net.

— Qu'est-ce que tu as? Tu me fais peur! Arrête!

— Si tu as un nouvel amoureux, on ne

se verra plus...

— J'aime ça être amoureuse! Je ne peux pas discuter rien que de nos dessins tout le temps! Ce n'est pas assez! Je veux tout!

Je baisse la tête vers l'assiette de frites. Elles me donnent mal au coeur, à flotter dans leur ketchup rouge. Je me sens si seule, soudain, de plus en plus seule. J'habite le fond d'un puits et mon amie, là-haut, danse dans le soleil.

— Mira, voyons donc, on va se voir quand même. Je change d'amoureux souvent, tu sais!

Je me lève sans un mot de plus. Je ramasse mes affaires et je sors du Stop Café. En descendant vers le tunnel, je me dis que, avoir une amie, ce n'est pas si simple, que des fois on se sent toute croche en dedans. Des fois, on se sent jalouse.

Rue des Amélanchiers, la porte est barrée de l'intérieur, avec la chaîne. Je sonne. En ouvrant, elle me gifle.

— Tu as vu l'heure? La vraie fille de son père! Toujours partie!

Pendant le cours de l'oiseleur, mon voisin de gauche me sourit. Il a de grosses lèvres et une queue de cheval, il ne me plaît pas du tout, et pourtant je deviens si rouge que Catherine, à ma droite, vient à mon secours. Pour faire diversion, elle me demande gentiment: «Mira, comment ça se fait que tu dessines de la main gauche? Je t'ai vue prendre des notes au cours de géo, tu écrivais de la main droite!»

Je pars à rire et je dérougis.

— Dessiner, ça m'appartient.

Cath se gratte la tête avec son crayon.

— Toi, tu es vraiment étrange parfois, dit-elle en se remettant au travail.

Elle ne peut pas savoir comment ça s'est passé, pour apprendre à écrire une seconde fois. Après le départ de mon père, j'ai été malade. J'étais en deuxième année et, cette année-là, je ne suis pas retournée à l'école. Ma mère en a profité pour m'apprendre à écrire de la main droite. Elle croyait que ce n'était pas bon pour mes yeux, parce que je faisais de l'ombre sur ma feuille avec ma main gauche en traçant mes lettres. Ma mère pensait que la vie est déjà assez difficile sans être gauchère en plus.

Elle ouvrait pour moi le cahier à petites lignes et choisissait une page dans le livre de lecture pour faire une copie. Elle aiguisait le crayon. Elle s'installait en face de moi de l'autre côté de la table de la cuisine, avec un tricot ou de la couture. Elle aimait ça être la maîtresse d'école. Elle me tendait le crayon que je saisissais de la main gauche, elle le retirait vivement, le mettait dans la bonne main, refermait mes doigts. «Maintenant, écris. On va faire ça tous les jours et à la fin de l'année tu seras droitière.»

À la fin de l'année, j'écrivais de la main droite. Pour le dessin, elle avait oublié. Alors dessiner, ça m'appartient.

À la sortie de l'école, un chien s'approche en battant de la queue, tout excité. Il pose son museau humide contre ma main en gémissant. Cath recule.

— Ça mord les mollets, ces bêtes-là. Ça vous arrache un bout de jambe en un rien de temps!

Mon amie est une experte en matière de garçons et de baisers. Avec les animaux, elle est complètement nulle.

— Ce n'est pas un bull-terrier, c'est un golden retriever, le chien le plus doux au monde! De toute façon, s'il voulait mordre, il enverrait des signaux, comme montrer les dents, grogner, tout ça.

Je lui laisse ma main à renifler, je ne cherche pas à le flatter tout de suite. On prend notre temps, tous les deux. On se respecte. Il s'assoit, plonge ses yeux dans les miens, tend la patte. Je le caresse entre les deux oreilles pendant que Catherine râle.

— Il est dégoûtant, plein de puces et de bave!

— J'aime les animaux. J'aime ce que je vois dans leurs yeux. J'aime qu'ils soient différents de nous et, en même temps, je me sens proche d'eux. C'est mal?

Elle me jette un drôle de regard, tandis que je fais une dernière caresse au golden. Elle hausse les épaules.

— Les animaux, c'est tout ce que je connais, Cath...

Je ne sais plus quoi faire. On s'en allait au Stop Café, j'allais lui raconter l'histoire de Strogoff... Encore une fois, j'ai l'impression qu'on s'éloigne, qu'on n'est plus des amies, j'ai peur. Alors, pour changer, je lance:

— Tu veux que je te fasse le cri de l'oie des neiges au printemps? A-onk! A-onk! A-onk!

— Non! Pitié! gémit Cath en se bouchant les oreilles.

Mais elle ne peut pas s'empêcher de sourire. Je vois les coins de ses lèvres qui retroussent tout seuls.

— Et le cri d'appel de l'orignal femelle? C'est comme une longue mélopée, pleine de tristesse et de mélancolie.

— Oh non!

Dommage. Je brame très bien pour une fille.

Ce soir, je ne m'endors pas. Je pense à mon amie. Depuis qu'elle est là, les idées noires s'effacent, c'est vrai. Avec elle, je n'arrête pas de jacasser, une vraie pie! J'ai moins peur des yeux de ma mère, de la voix de ma mère, je mens et, plus que jamais, je veux m'en aller loin d'elle.

Pourtant, je suis inquiète. J'ai une amie et, déjà, j'ai peur de la perdre... J'aurais aimé ça, moi, lui raconter l'histoire de Strogoff. Elle ne comprendrait pas. Elle dirait: «Strogoff, ce n'est pas un Russe, ça?» Si elle savait...

Chapitre 4

Strogoff

Au mois d'août dernier, mon père est venu nous reconduire en vitesse à la pourvoirie pour deux semaines, avec nos boîtes de carton pleines de provisions et quelques livres. Quand j'étais petite, nous y étions allés, une fois, un printemps. Puis, plus jamais...

C'est loin, le lac Perdu. Moi, à l'arrière, j'étais plongée dans le roman de Jules Verne que mon père m'avait offert en partant, l'histoire de Michel Strogoff. Ce Strogoff devenait aveugle parce qu'on passait une épée brûlante sur ses yeux et, ensuite, il marchait longtemps à travers toute la Russie, guidé par une jeune femme. De temps en temps, je levais le nez de mon livre et je jetais un coup d'oeil par la vitre.

Je me rappelle qu'à la fin il n'y avait plus de maisons, juste une route de terre étroite, de plus en plus étroite, qui montait et descendait entre les épinettes et les bouleaux jaunes. Au bout de la route poussiéreuse, sur un écriteau en forme de flèche, c'était écrit LAC PERDU et en dessous, souligné, CUL-DE-SAC. À partir de là, si on marche vers le nord, je sais qu'on ne rencontre plus personne.

Dès qu'on a ouvert la portière de la Land Rover et qu'on est sortis avec les bagages, les derniers maringouins de l'été nous ont attaqués et des corneilles en colère, perchées sur les cimes des épinettes, nous ont crié après. Le sentier descendait vers le lac et on est arrivés au chalet de bois rond. C'était un minuscule chalet avec une véranda verte et, devant, un petit lac circulaire et des montagnes de granit tout autour qui le tenaient prisonnier. Il était si profond, le lac Perdu, que l'eau paraissait noire.

Sur la gauche, un peu plus loin, il y avait un autre chalet identique, avec sa véranda vert foncé protégée par des moustiquaires.

— Des gens âgés l'habitent pour le mois d'août cette année, a dit mon père. Ils se bercent toute la journée dans la véranda en regardant le lac.

On est entrés à l'intérieur et tout de suite

mon père a montré à ma mère comment faire l'attisée dans le poêle à bois. D'abord, du papier journal et de l'écorce pour partir le feu. Puis des bûches avec du lichen gris dessus et de la gomme qui pète quand ça flambe. Il ne faut pas oublier de fermer la clé du tuyau. J'aurais aimé ça m'occuper du feu, je l'aurais fait mieux qu'elle, je n'avais pas peur. Mon père a dit de ne pas prendre la chaloupe grise, qu'elle était abîmée, et d'être prudentes avec la lampe à l'huile. Il a ajouté qu'il était pressé, qu'il voulait repartir avant la nuit, qu'il n'avait pas le temps pour un café, non vraiment pas.

Il est sorti du chalet, a repris le sentier. Je l'ai suivi jusqu'à la route.

— Retourne vite au camp de chasse, Mirabelle, tu vas te faire manger par les maringouins...

Mais comme je ne bougeais pas et que je ne répondais rien, il m'a demandé:

— Te rappelles-tu, lorsque tu étais petite, les petits suisses venaient chercher des arachides sur les marches d'en avant, tout près de toi? Si tu te montres patiente, si tu te tiens immobile, ils reviendront.

— Les tamias rayés, j'ai dit.

Et je suis restée sur le bord du chemin

poussiéreux, les poings fermés au fond de mes poches, pendant qu'il disparaissait au tournant. Après, je suis retournée au chalet.

Dans la cuisine, le silence s'était installé. Seulement le bruit du poêle qui ronflait et les soupirs de ma mère qui défaisait les boîtes. Nous avons mangé des sandwiches au thon avec de la mayonnaise. Le soleil tombait derrière les montagnes de granit.

— La porte, Mirabelle. Les mouches.

En fouillant dans l'armoire, j'ai trouvé, à côté des crottes de souris et des conserves, un vieux jeu de cartes. Je me suis installée à la table de la cuisine et j'ai entrepris un solitaire, celui avec les sept piles, la plus épaisse à droite. J'ai recommencé cent fois au moins avant de le réussir. Devant moi, entre la table et la fenêtre, un collant à mouches pendait du plafond: des insectes, les pattes prises dans la colle, morts. Ma mère m'a ordonné de venir me coucher.

Dans la nuit, j'ai pleuré un peu sans qu'elle s'en aperçoive. Nous étions couchées ensemble dans le grand lit, moi du côté du mur. Je ne bougeais pas du tout. Au chalet du lac Perdu, il n'y a qu'une chambre et une cuisine.

Au matin, ma mère m'a dit: «Moi qui fais de l'insomnie, je me demande comment tu t'y prends pour dormir jusqu'à onze heures. Arrête de lire couchée sur le côté, tu t'arraches les yeux. Et si tu lis tous les livres maintenant, il ne t'en restera plus pour les autres jours. Lève-toi, fais quelque chose!»

Je n'ai rien répliqué, j'ai continué à lire. Après le dîner, c'est moi qui ai lavé la vaisselle.

Dans le silence de l'après-midi, ma mère a fait la sieste. Assise dans la véranda, je me suis remise à la lecture de *Michel Strogoff* qui trébuchait, un bandeau sur les yeux. Aucun tamia rayé ne s'était montré. De l'autre côté de la moustiquaire, en bas des roches, la chaloupe tanguait au bout du quai de planches.

Je me suis levée sans bruit. Dans la cuisine, j'ai pris une pomme et le chasse-moustiques. J'ai attrapé la veste à carreaux rouge oubliée sur un crochet, des bottes de caoutchouc et mon livre. Je suis retournée chercher une poignée d'arachides que j'ai fourrée dans une des poches de la veste.

Accroupie au bout du quai, j'ai enlevé un peu d'eau sale dans le fond de la chaloupe avec une vieille boîte de conserve rouillée. Les rames étaient déjà en place, dans leurs gonds. J'ai défait la corde, j'ai sauté dans l'embarcation.

Très lentement, j'ai flotté jusqu'au centre du lac et j'ai laissé tomber loin au fond la petite ancre noire. Là-bas, entre deux montagnes de pierre, une étroite vallée.

J'ai appliqué l'insectifuge sur mon cou et mes mains. Les truites sautaient à la surface du lac. En grignotant les arachides, je regardais les ronds s'élargir et s'effacer tranquillement. J'ai ouvert le livre et j'ai lu mon passage préféré, celui où Michel Strogoff, aveugle, est conduit par la jeune fille sur les routes de Russie. J'ai pleuré, un peu. J'aimais ça, pleurer pour lui.

Une libellule s'est posée sur la page. Une truite, encore, a sauté, un plouf! et des ronds dans l'eau, au ralenti. Et puis un craquement de l'autre côté du lac. J'ai levé les yeux.

Il était très grand, avec un énorme panache. Il me fixait avec attention.

Moi, au milieu de ma chaloupe, au milieu du lac Perdu, dans la veste à carreaux rouge de chasseur, je respirais doucement. Les routes de Russie avaient disparu. Nous n'étions pas effrayés. Ni moi ni lui. Nous nous regardions sans bouger, en silence. L'orignal a penché sa tête pour boire, je n'ai pas fait un geste. Il était si beau.

Dans mon dos, la porte-moustiquaire a claqué. La voix de tonnerre a couru sur le lac. Elle hurlait des choses que je n'entendais pas. Seulement cette résonance qui faisait mal aux tympans. J'ai plaqué mes mains sur mes oreilles. Lui, il avait déjà disparu dans un froissement de fougères et de branches.

Elle a arrêté de crier. J'ai attendu encore un peu. J'ai ôté mes mains et je me suis retournée lentement. Je me suis levée au centre de la chaloupe, les jambes écartées, j'ai levé les bras de chaque côté de mon corps, je l'ai fixée droit dans les yeux, là-bas, à cent mètres. À cause de ses cris, il était parti. Je la détestais tellement.

J'ai commencé à faire tanguer l'embarcation en m'appuyant sur une jambe, et puis sur l'autre. Au début très légèrement. Plus fort. Plus fort encore. De l'eau a pénétré dans la chaloupe. Le lac entier était secoué de mes vagues.

Là-bas, les vieux sont sortis. Ils ont regardé, eux aussi. Personne ne bougeait pendant que moi, bien ancrée au milieu du lac Perdu, je faisais danser ma chaloupe avec les hanches. Je la faisais bondir. Elle craquait.

Après? Oh! Après... J'ai passé le reste des vacances assise au bout du quai, à l'attendre, à l'appeler tout bas. Mmm... Mmm... Mmm-agh... Mmm-agh... Mmm-agh... C'est pour ça que je brame très bien pour une fille.

Ah oui! j'oubliais. Je l'ai baptisé Strogoff. C'est un beau nom pour un orignal, je trouve.

Chapitre 5

Bouches goulues
et assiettes cassées

Catherine n'en revient pas. Je viens de lui raconter l'histoire de Strogoff au grand complet.

— Toi, quand tu inventes une histoire, on jurerait que c'est vrai. Tu sais que tu es vraiment incroyable? Tu pourrais écrire des romans!

— Cath, C'EST VRAI.

— Tu étais vraiment amoureuse d'un orignal? C'est un peu bizarre, non?

Moi, je ne trouve pas. Ce qui était bizarre, c'est cette rage soudaine dans mon ventre, et ce que j'ai fait en regardant ma mère droit dans les yeux, cette danse avec la chaloupe. D'ailleurs, elle a coulé au fond au moment où j'ai accosté.

— Et ta mère? Qu'est-ce qu'elle a fait, après, ta mère?

— Rien. Je suis revenue au quai, la chaloupe a coulé. Ce soir-là, le vieux monsieur du chalet d'à côté est venu nous inviter à jouer au Monopoly. Ma mère a refusé pour nous deux. C'est tout...

Catherine n'écoute plus. Elle fronce les sourcils, prend une frite qu'elle trempe à moitié dans le ketchup, à moitié dans la mayonnaise, m'observe par en dessous comme si j'étais une extraterrestre.

— Bon, finit-elle par déclarer, après avoir mâché longuement, puis avalé sa frite. Laissons les orignaux de côté pour l'instant. Puisque tu veux apprendre à embrasser, assez niaisé. Que penserais-tu de ton voisin de gauche, pour ta première expérience?

Elle est comme ça, mon amie, décidée. Elle doit bien avoir raison. Mais moi, je ne serai jamais capable. Où je vais mettre ma langue? Et mes bras? Est-ce qu'on ferme les yeux?

— Il ne me plaît pas beaucoup...

— Parfait, c'est encore mieux. As-tu des condoms?

Je me sens mal et, rien qu'à voir mes yeux, elle éclate de rire. Sa couette palmier oscille d'un bord, de l'autre.

— C'était une blague, Mira!

Dans le fond, c'est facile. Il me sourit, et

j'étire les lèvres vers les joues. Il me propose de venir me reconduire jusqu'au coin de la rue des Amélanchiers après le cours de l'oiseleur. J'accepte.

La cloche sonne, Cath me sourit, prête pas prête j'y vais. Je voudrais me cacher, mais c'est trop tard. Il me fait signe, nous sortons ensemble. Dehors, il fait froid, c'est presque l'hiver maintenant. Il s'allume une cigarette, et nous marchons en silence sur le boulevard. Nous ne sommes pas des amis.

Je me répète qu'il n'est pas beau, même si les filles pensent le contraire et qu'elles crèveraient d'envie si elles me voyaient avec lui. Sur mon épaule, sa main tremble légèrement. Je me répète qu'il ne me plaît pas et que je suis mille fois meilleure en dessin que lui. Il va m'embrasser, c'est certain.

En passant devant le parc, je lui propose de lui montrer le ginkgo. Je ne veux pas qu'il m'embrasse dans le tunnel et j'espère très fort qu'un baiser sous un ginkgo, même sans feuilles, même avec du froid partout et une mince couche de glace sous les pieds, sera un baiser réussi.

— Le ginkquoi?

— Le ginkgo est un arbre chinois, avec des feuilles en forme d'éventail. Ils deviennent géants. Autrefois, entre deux périodes de glaciation, il en poussait jusqu'au Groenland.

Il a l'air perplexe. Bon. C'est vrai que je raconte n'importe quoi, nous ne venons pas ici pour bavarder.

Nous déposons nos sacs sur le banc. Il met ses deux mains dans mon dos. Je lève la tête vers le ginkgo — prête pas prête, j'y vais —, j'ouvre un peu la bouche. Je dois ressembler à un poisson qui manque d'air.

Sa langue en profite pour entrer, franchit la barrière des dents. Elle explore lentement les parois de ma bouche, comme si c'était une caverne dont il faut connaître tous les recoins, les replis, la moindre cachette. J'ai du mal à respirer.

Sa langue occupe de plus en plus de place, elle est molle et grosse, ça goûte le tabac froid. Elle s'enroule autour de la mienne pendant que ses bras à lui me tiennent serrée et que son ventre se presse contre le mien. C'est dur, là, plus bas.

Un siècle plus tard, je prends une grande respiration. Je parviens à bredouiller: «Excuse-moi, il faut que je rentre.» Sans l'attendre, je me mets à courir jusqu'au demi-sous-sol de la rue des Amélanchiers.

Ma mère est en train d'assembler les morceaux de sa dernière création, un chandail jacquard. Elle a l'air étonnée. Je marmonne «Le cours a fini plus tôt», je m'enferme dans les toilettes. Je me brosse les dents, je me gargarise avec du rince-bouche jusqu'à ce que l'intérieur de mes joues se mette à brûler. Rien n'y fait. J'abandonne la partie, je ne peux rien faire de plus pour mon mal de coeur: je vomis dans les toilettes.

Au Stop Café, Catherine veut tout savoir à propos du baiser mouillé.

— Sa langue fouillait dans ma bouche. Je n'arrivais plus à respirer.

— Il faut respirer par le nez, quand on embrasse! Franchement, Mira, tu es désespérante! Il ne t'a pas violée, tout de même!

— Sa langue goûtait la cigarette. J'aurais tellement voulu qu'il arrête! Je ne pouvais quand même pas le mordre! Il me tenait fort, je n'ai pas osé me dégager. Je l'ai laissé faire...

— Si tu ne voulais pas, il fallait le lui dire!

— Je dois essayer! Je ne peux pas continuer comme ça, toutes les autres filles le font! J'ai presque quinze ans!

Ma voix fait des trémolos. Ça m'énerve cette histoire de baiser. Je suis toute mêlée. J'ai peur de leurs bouches goulues. Leurs corps sont trop chauds, leur odeur étrange, ils serrent trop fort avec les bras.

— Tant pis, murmure Catherine. Un si beau gars, pourtant... Et tellement gentil en plus.

Je ne sais pas s'il est beau ou gentil. Mais je sais maintenant que je déteste ça, embrasser. Je n'embrasserai plus jamais personne avec la langue. Personne.

C'est dimanche, mon père s'amène sans prévenir. Ça doit faire un mois qu'il n'est pas venu. Plus. Je suis en train d'essuyer la vaisselle, je fais des piles d'assiettes propres sur le comptoir. Il pose le chèque sur la table et il annonce: «On va faire un tour d'auto.» Et moi — qu'est-ce qui m'arrive? —, au lieu de ployer les épaules et d'avoir les mains moites, au lieu de rétrécir à l'intérieur, je me retourne vers lui.

— Non! Pas moi! Occupe-toi d'elle tout seul!

Des deux mains, je prends une assiette et je la lance par terre à mes pieds sur le carrelage de la cuisine.

— Occupe-toi d'elle!

J'en prends une autre, je la lève au-dessus de ma tête. Paf!

— Occupe-toi d'elle!

Paf! Une autre. Paf! Paf! Paf! Toutes les assiettes propres! Et des petites, et des moyennes, et des grandes! Plus j'en casse, plus je crie!

Ensuite, un grand silence tout plein de débris.

Ma mère se penche et se met à les ramasser. Elle a, sur les lèvres, un petit sourire satisfait.

Là-bas, debout près de la porte, mon père me regarde avec ses yeux bleu triste. Et puis il s'en va.

Pendant que ma mère me parle de ses derniers modèles de tricot et de sa peur des voleurs, j'examine le trottoir et j'essaie de marcher sans mettre le pied sur les fentes entre les dalles de béton.

Quand j'étais petite, je faisais ça tout le temps, marcher entre les fentes du trottoir, parce que chaque fois que je déposais mon pied sur une fente, j'avais l'impression qu'il devenait glacé. C'était très désagréable, une plante de pied toute froide.

Aujourd'hui, je fais pareil. Un, deux, trois pas, je passe par-dessus une ligne creuse avec le pied droit. Un, deux, trois pas, je passe par-dessus l'autre avec le pied gauche.

Tiens, ici, ça se complique, le ciment du trottoir est inégal, avec des bosses et des fissures. Si je marche là-dessus, le froid sous le pied sera insupportable, il faut éviter ce recoin. La seule façon d'y arriver, c'est de me tenir serrée à l'autre bout de la dalle — il y a moins de fentes — et de faire un grand pas.

Quand j'étais petite, je me faisais chicaner avec mes pas de souris, mes pas de géant, mes pas de renard. Personne ne savait pourquoi je faisais cette étrange danse tout le long des promenades.

— Tiens-toi droite! crie une voix, très loin.

Mieux vaut ne pas penser à ce qui se passerait si, en plus, les fissures s'ouvraient, lors d'un tremblement de terre, par exemple. Le chemin se poursuit longtemps, plein de pièges. Et comme il faut rester attentif, vigilant, on n'entend rien de ce qu'elle dit.

— Ta mère, elle fait quoi? interroge Catherine. Sauf pour l'histoire de Strogoff, tu ne m'as jamais parlé d'elle...

Ah non! Je n'ai pas envie. Je voudrais oublier Marie Petit la bizarre pour le moment. Mais Cath est aussi tenace qu'un bouledogue accroché à un bas de pantalon. Quand elle pose une question, elle veut une réponse.

— Elle coud des manteaux, des jupes, des robes, des chemisiers. Elle tricote des foulards et des chandails. Elle met tout cela dans des boîtes, les range dans les placards, dans le corridor, dans le hangar. Et elle recommence.

— Elle ne les vend pas?

— Non.

— De quoi vivez-vous, alors?

— Mon père lui donne de l'argent.

— Pourquoi?

— Ma mère, elle ne peut pas travailler. Elle... elle... On dirait qu'elle a peur des gens. En plus... elle a peur de se faire voler ses modèles.

— Ah bon. Et le foulard de laine mohair

que tu portes, là, c'est elle qui l'a tricoté?

— Ouais.

— Ma mère aimerait ça. Tout ce qui est rétro, les franges, les motifs compliqués, les couleurs que plus personne ne porte, elle adore.

— Moi, je déteste ça.

— Moi aussi.

L'oiseleur possède un don, paraît-il: il parle aux oiseaux. Et ces derniers, de toute évidence, le comprennent. Régulièrement, des gens qui veulent apprivoiser un oiseau le lui apportent en pension. Il n'en prend qu'un à la fois. Une bestiole aux plumes hérissées, recroquevillée au fond de sa cage, se transforme en quelques jours en un compagnon irrésistible, qui fait son nid sur votre tête, vous chante des ritournelles ou vous appelle par votre prénom. Sauf si vous vous nommez Nabuchodonosor, évidemment. Il fait des choses étonnantes avec les perruches. Elles se perchent sur son épaule et lui murmurent des secrets à l'oreille. Elles sont amoureuses de lui, peut-être.

Dans la chambre du fond, je pense à Strogoff, son regard étrange, la liberté, la forêt, les arbres, le ciel, les oiseaux, tout ce que j'aime. Il faut grandir encore un peu, encore un peu. Mon père, lui, ne revient plus au logement de la rue des Amélanchiers. Il a dû penser que deux folles, c'était trop pour un seul homme. Maintenant, il envoie des chèques par la poste.

J'arrive la dernière au local d'arts plastiques, j'avais oublié Brenda et je suis retournée la chercher à toute vitesse. Quand je pousse la porte de la classe, l'oiseau empaillé sous le bras, tout le monde se met à rigoler.

— Elle s'appelle Brenda, c'est une buse pattue.

Ils se remettent tous à rire, y compris Catherine. C'est vrai que moi, avec mon nez busqué et mes yeux écarquillés, là, toute rouge dans l'encadrement de la porte, et le rapace aux grandes ailes ouvertes que je tiens dans mes bras, on doit faire une drôle de paire.

— C'est débile! grogne mon nouveau voisin de gauche. On va passer deux heures à dessiner un oiseau empaillé juste parce que c'est son idée!

— Personne n'a protesté quand Mirabelle a suggéré de prendre Brenda comme modèle pour le dessin d'observation, cette semaine, interrompt l'oiseleur. As-tu une meilleure idée? Non?

Cath me fait signe pendant que je traverse la pièce. Je dépose l'oiseau de proie sur un banc, qu'on a juché sur une table, afin qu'il domine la classe de ses ailes déployées. L'oiseleur installe un spot de côté, nous donne quelques indications à propos des crayons à la mine de plomb, et je vais rejoindre mon amie qui m'a réservé une place près d'elle. On se met tous à travailler. Rien que des soupirs ici et là.

Je punaise sur le chevalet une grande feuille de papier. Je scrute longuement Brenda, lisse ses plumes en imagination, examine ses serres, son bec, ses yeux sauvages. Puis je plonge.

Je trace à grands traits le contour de l'oiseau et, ensuite, les principaux points d'ancrage: la forme des ailes, les pattes, la tête. Je remplis de noir les yeux du rapace. J'attaque les motifs des plumes, en premier le duvet du ventre, tout doux, en donnant des petits coups de crayon, comme de fines hachures.

Le temps disparaît. L'oiseleur va de l'un à l'autre, corrige une ligne, suggère une forme. Il s'arrête près de moi: «Prends plus de risques, plus d'espace. Allonge ton coup de crayon, ici...» Il met sa main sur mon épaule, la serre doucement. Ça devient tout chaud dans mon ventre. C'est bon.

— Chouchou de prof, bougonne mon nouveau voisin de gauche.

— Jaloux avec ça? lui lance Catherine.

Moi, dans ma bulle, je me sens bien, je plane. J'aime dessiner à côté de mon amie, j'aime les oiseaux, j'aime l'odeur des crayons et du papier, j'aime que l'oiseleur soit content de moi.

Les plumes des ailes m'échappent. Comment rendre le duveteux, la douceur et, en même temps, la ligne du motif? Le crayon 3H, trop dur, ne convient pas. Et si en alternant le 3H, dur et sec, et le HB, plus gras, j'arrivais à reproduire ce que je vois? Pour aller plus vite, je tiens dans la bouche le crayon que je n'utilise pas, je le mordille. Je fais souvent ça. J'aime le goût du bois dans la bouche.

— On a presque fini, me chuchote Catherine. Viens-tu au Stop Café, après?

— Ch'veux finir les plumes de l'aile, je

marmonne en mâchouillant mon 3H. Ch'irai te rechoindre.

En entrant au pas de course au Stop Café, je me frappe sur quelqu'un que je n'ai pas vu. Une collision frontale. Je ne lâche ni Brenda, que je tiens sous le bras, ni mon carton à dessin que je tiens dans l'autre main.

Le quelqu'un est grand. Il a un blouson de cuir, un regard bleu marine et, à l'oreille droite, un anneau d'or qui brille dans la lumière. Je rougis.

— Excusez-moi.

— Ce n'est rien, dit-il.

Il a une voix un peu rauque, comme mon amie, et les cheveux ras. Je re-rougis et je me précipite, toujours tenant Brenda étroitement serrée, vers la banquette du fond où Catherine, qui a tout vu, s'étrangle de rire.

— Il ne te lâche pas des yeux. Tiens, il se penche pour ramasser quelque chose par terre.

Je rentre la tête dans les épaules, me glisse sur la banquette et dépose l'oiseau sur la table.

— Laisse-moi, Cath. N'en rajoute pas, s'il te plaît.

— Oh! oh! il s'approche, marmonne mon amie, en ne remuant presque pas les lèvres.

Il tient une plume entre le pouce et l'index.

— Ça n'appartiendrait pas à ton oiseau, par hasard?

Je tends la main sans le regarder, saisis la plume et grommelle «merci». Je voudrais rentrer sous le plancher.

Il s'assoit à côté de moi et se met à bavarder avec Cath. Je vois, dans son oeil, le bleu outremer de ma boîte d'aquarelle, un bleu transparent, un peu foncé. Je détourne vite la tête et je fixe la plume entre mes mains. Ils rient, je n'entends rien de leur conversation, mon coeur bat trop fort. Mais voilà qu'il se penche vers moi.

— Des cheveux aussi épais que les tiens, je n'ai jamais vu ça.

— Je peux tirer un autobus avec, je dis, en examinant ma plume.

— Ah! Impressionnant. Je peux toucher?

Il n'attend pas la réponse. Il tend la main, prend la natte, la soulève un peu.

— C'est lourd, dit-il, et solide. De la soie brute.

Il s'en va. Ma natte pèse une tonne sur ma nuque.

Catherine déclare qu'il a jasé avec elle juste par tactique, qu'il me dévorait des yeux et que, lorsqu'il avait touché mes cheveux, il avait l'air troublé. Il s'appelle Marc.

— Hé! Mira! Pourquoi pas lui?

— Jamais! Es-tu folle?

Je reste éveillée tard dans la nuit, impossible de dormir. Je me lève, m'approche de Brenda qui trône sur la commode, la tête tournée vers la fenêtre, prête à s'envoler. Je caresse ses ailes. Je pense à la main chaude de l'oiseleur sur mon épaule: «Oui, c'est bien, joue avec les lignes et les textures, ne reste pas enfermée dans le détail.» J'effleure ma joue avec la plume arrachée, celle que Marc a ramassée par terre au Stop Café: «Ça n'appartiendrait pas à ton oiseau, par hasard?» Je me regarde dans le miroir, j'effleure mes lèvres avec la plume, je me souris. J'ai les yeux brillants. Je m'examine de face, puis un peu de côté, je fais battre mes cils. Je me demande s'ils me trouvent jolie.

Chapitre 6

Entre les deux, mon coeur...

Finalement, l'oiseleur n'est pas trop content de nous. Il nous montre les dessins de Brenda un à un.

— C'était prématuré, aucun d'entre vous n'a vraiment réussi. Votre coup de crayon est rigide, vous essayez de remplir les trous, on dirait que vous faites de la peinture à numéros. Allez, on reprend tout ça à la case départ.

Il a préparé un exercice complètement farfelu: nous allons dessiner notre main gauche, côté paume — pour moi, c'est la droite —, sans regarder notre feuille, juste la main, attentifs à reproduire la moindre ligne, le moindre tracé d'empreinte digitale.

Pendant que nous préparons notre matériel, Catherine me dit:

— J'ai eu une idée. Si je parlais à ma mère à propos des tricots?

— Des tricots? Quels tricots?

— Des tricots de ta mère à toi, Mira la

lune. Elle pourrait les mettre en consignation à la friperie. Qui sait, elle pourrait les vendre...

Ma mère vendre ses créations? Peut-être qu'elle me laisserait tranquille. Ça serait bien.

— Je pourrais essayer de lui en glisser un mot, la prochaine fois qu'on ira marcher.

Je sais bien qu'elle refusera. Elle aura trop peur.

— Vous allez marcher ensemble?

— Ouais. Le samedi et le dimanche.

— J'aimerais ça, moi, aller marcher avec ma mère. On pourrait se raconter des choses...

— Allons, allons, nous réprimande l'oiseleur, un peu de concentration là-bas, les filles!

Mais il n'est pas du tout fâché, la preuve, il me sourit de loin en même temps. Ces jours-ci, il s'occupe d'une perruche mal en point qu'on lui a amenée en catastrophe parce qu'elle s'arrachait les plumes. C'est ce qu'il m'a raconté avant le cours, en m'invitant à passer chez lui pour me prêter un livre sur Audubon, le célèbre peintre animalier. Il m'a dit aussi qu'il a un fils et qu'il vit seul avec lui.

Ma mère me tend l'écouteur.

— Tiens! C'est ton père!

Dans ses yeux, de la haine. Je ne veux pas, je ne veux pas, je ne veux pas lui parler. J'approche en traînant les pieds.

Il m'annonce qu'il s'en va pour trois mois quelque part au nord, c'est pour le travail.

— Bon voyage, je dis.

— As-tu pensé à ce dont nous avons discuté à propos de tes études, Mirabelle?

Je ne sais pas ce qui me prend, je me tourne contre le mur, je chuchote à toute vitesse:

— Peintre animalier, écrivain.

Un silence qui dure. Il n'est pas content, je m'en fous.

— Je suis très heureux, Mirabelle. Tu peux compter sur moi.

Clic. Il a raccroché. Ou bien c'est moi?

Quand j'étais petite, après le départ de mon père et le déménagement, après la bronchite et l'apprentissage de l'écriture avec la main droite, je dessinais beaucoup dans mes cahiers à colorier. Une fois, j'avais passé à travers tout un cahier en un seul après-midi. Celui avec les locomotives et les wagons. Assise à la table de la cuisine, j'avais choisi les couleurs les plus foncées de la boîte, gris ardoise, brun, kaki, noir. Ma mère s'était approchée. «Tu n'es pas obligée de prendre ces teintes sombres. Tu peux imaginer que les trains sont de toutes les couleurs», m'avait-elle expliqué, penchée par-dessus mon épaule, et j'avais peur qu'elle s'écrase de tout son poids sur moi, avec son chemisier rose fuchsia. Elle insistait, je refusais, je ne voulais rien savoir des couleurs claires qu'elle me recommandait. J'avais répliqué: «Ils sont comme ça, les trains, dans la vie, tout noirs, tout gris.»

Je m'étais remise à colorier chaque section à l'intérieur des lignes en pesant fort sur les crayons Prismacolor. Avec ma main crispée, je coloriais une image après l'autre, du début à la fin. Des cheminées noires, qui crachaient de la fumée de suie. Des roues grises qui tournaient, tournaient et qui n'allaient nulle part. Des wagons aux fenêtres bouchées qui n'en finissaient plus de traverser la page.

Vers la fin, mes couleurs ont débordé la ligne, les bruns et les ocres s'entremêlaient, les noirs chevauchaient les gris. Je barbouillais n'importe comment, j'en mettais partout, je n'étais plus capable de m'arrêter.

Les pages se déchiraient sous les coups de crayon.

À l'arrière du dépanneur, nous rions tellement que nous ressemblons à deux hyènes hystériques. Catherine essaie de me faire une couette, n'y parvient pas. Mes cheveux sont trop lourds, et le palmier penche tout croche sur le côté, s'écroule. Je refuse qu'elle me prête le rouge à lèvres carmin. Trop, c'est trop. Nous entrons dans la cabine du photomaton, nous nous assoyons sur le petit banc. Pour ne pas tomber, il faut se serrer l'une contre l'autre, en se tenant par le cou, joue contre joue.

— J'espère que ma mère ne va pas encore décider de déménager cette année, soupire Catherine, entre deux photos.

— C'est vrai alors que vous déménagez souvent?

— Comme des gitanes avec leur baluchon! «Il faut que ça bouge, ma Catherine, qu'elle me dit. Allons voir ailleurs si la vie est plus belle! Allez, on emballe tout!»

L'éclair du flash nous surprend en pleine conversation, la bouche ouverte.

— Chaque fois, tu changes d'école, tu

changes d'amoureux...

— Tout le temps!

Aïe! La tristesse souffle en moi, poussée par un grand vent du nord. Je dois faire un effort pour sourire. Un jour, sans prévenir, Cath disparaîtra de ma vie, et moi...

Mais quand on voit les photos, pleines de grimaces et d'yeux fermés, et les couettes qui tombent, on se remet à rigoler comme des hyènes. Moi, avant, je n'avais jamais ri autant. Jamais, jamais. Pour rire autant, il faut être au moins deux.

Catherine devient toute sérieuse:

— Tu es ma première vraie amie, Mira, tu sais.

Parfois, ma mère fouille dans ses boîtes de retailles, les restes de ses créations. Ces boîtes-là aussi, elle les empile partout dans le haut des garde-robes et dehors dans le cagibi. Dans chacune d'elles, des petits paquets de couleurs bien ficelés, ce qui reste du manteau de gabardine ou du chemisier à manches bouffantes. Quand elle ouvre au milieu du plancher de la cuisine une de ses boîtes-surprises, elle s'exclame:

— Ah! le coton rayé! La soie ivoire! Tu

te rappelles la robe avec le col Claudine? Et là, cette flanellette rose du costume de lapin? Tu l'avais porté un soir de réveillon, tu étais encore presque bébé, tu marchais à quatre pattes, avec les longues oreilles qui pendaient sur tes joues! Que tu étais jolie, ma Mirabelle!

D'autres fois, elle demeure silencieuse en caressant du revers de la main une étoffe moirée, ou le paquet de retailles d'une robe ancienne, des motifs de fleurs bleues et roses sur fond blanc. Je sais à quoi elle pense. Elle pense que la robe-soleil était un chef-d'oeuvre, la jupe circulaire ondulait autour de ses longues jambes, lorsqu'elle marchait sur le bord du fleuve avec son amoureux. Mon ex-père.

Je me demande si elle a été un peu heureuse, ma mère.

— L'oiseleur est vraiment bien pour un vieux, s'exclame Catherine en s'affalant sur notre banquette au fond du Stop Café.

— Ouais. J'ai aimé ça, aujourd'hui, les exercices avec le cerveau droit, reproduire un dessin à l'envers, et dessiner autour des objets plutôt que dedans. Il m'a invitée à...

— Il vient d'entrer, interrompt Catherine. Ne te retourne pas.

— L'oiseleur? Ici, au Stop Café?

— Non, triple buse pattue. Marc!

Je balbutie: «Savais-tu que le cerveau droit voit tout en même temps et que...»

— Hé! lâche ton cerveau droit! Il jette un coup d'oeil par ici, il s'approche. Bon, je vais aux toilettes.

— Non! Reste!

Mais elle a déjà disparu et Marc vient s'asseoir près de moi le plus naturellement du monde, comme s'il me connaissait depuis la maternelle. Je ne sais pas quoi faire. J'ai les mains mouillées, les joues chaudes. Alors je sors ma boîte d'aquarelle de mon sac et je murmure, en pointant le bleu outremer:

— Ils sont de cette couleur-là.

— Hein?

— Tes yeux.

— Ah oui? dit-il, absolument indifférent. Tu sais quoi? Je veux faire du saut en parachute. Mes parents ne veulent pas. Deux ans d'attente avant ma majorité, c'est long!

Il prend ma natte dans une main, soupire.

— Je veux voler dans les airs, je veux ressentir ce que ça fait, tomber dans le vide, tu comprends?

— Moi, une fois, mon père m'avait amenée au manège. J'avais une robe rose et j'avais mangé plein de mousse rose de la même couleur que ma robe. Ensuite, j'avais pointé du doigt les petits avions qui tournent. J'avais dans les trois, quatre ans et je voulais m'envoler.

Marc sourit en tripotant ma natte. Il ne m'écoute pas, il est dans son rêve de parachute qui se balance entre ciel et terre. Et puis il se lève, il est pressé.

— Un jour, si tu veux, j'aimerais brosser tes cheveux. Tu t'appelles comment, déjà?

— Mira. C'est oui.

— Mirasséoui?

— Non. M-I-R-A. C'est oui pour les cheveux.

Il fait une grimace qui lui sert de sourire et s'en va comme il était venu, avec son regard transparent et l'anneau d'or qui scintille dans la lumière pâle de l'hiver. Par la fenêtre du Stop Café, je le vois s'éloigner en balançant les jambes et les épaules. Je reste sans bouger, le menton appuyé dans les paumes, jusqu'à ce qu'il disparaisse.

— Mais... où est-il passé? demande dans mon dos la voix déçue de mon amie.

Je me retourne. Sur ses lèvres de chanteuse rock, le rouge carmin brille comme un feu de forêt.

Cette fois-là, mon père m'avait amenée au manège. Le menton barbouillé de rose, j'avais tendu le ticket à l'homme qui s'occupait de faire tourner les petits avions. Il avait dressé un doigt impatient. «Par là, vite!» J'avais couru, couru. J'étais la dernière enfant avant le départ.

Les petits avions étaient presque ventre à terre sur le sol, attachés par des tiges de métal au poteau mécanique. Je me suis vite dirigée vers celui qui n'était pas occupé, de l'autre côté de la circonférence. J'ai grimpé, passé une jambe dans la carlingue, appuyé le pied au fond. Je me suis retenue au bord avec les mains, j'ai soulevé l'autre jambe...

Le manège s'est élevé tout d'un coup. Je n'étais pas encore entrée, moi, dans le ventre de mon petit avion! Je voulais crier: «Je ne suis pas prête, monsieur! Je ne suis pas prête!» J'avais trop peur pour crier. L'escadrille a commencé lentement à tourner, je me suis cramponnée avec les deux mains, la moitié du corps à l'extérieur, la jambe suspendue.

Les avions s'élevaient et s'abaissaient en cadence, les autres enfants hurlaient de plaisir, ils levaient leurs bras au-dessus de la tête pour que leurs parents les admirent. Le manège tournait, tournait, avec une petite fille morte de peur qui allait tomber dans le vide.

Mon papa, lui, avait disparu.

Je me dépêche à travers le dédale des corridors, je cherche un raccourci, je vais arriver en retard au cours de maths. Dans mon sac à dos, je ramène de la bibliothèque des trésors qui m'ont fait oublier l'heure: des histoires d'enfants-loups, le grand livre des baleines, un manuel sur l'élevage des chats et... Ce n'est pas vrai! Je me suis trompée de couloir, je ne sais plus où je me trouve. Corridor G? Jamais vu ça. Au hasard, j'enfile à droite, c'est pire: une impasse!

Juste comme je rebrousse chemin, je vois apparaître, à l'autre bout du corridor, une jeune femme à la crinière flamboyante qui s'avance dans ma direction, la tête haute. Même de loin, je la reconnais. Elle bifurque et disparaît, sa canne blanche traçant devant elle de larges zigzags. On dirait que la jeune femme aveugle est revenue et qu'elle connaît les labyrinthes de l'école mieux que moi.

— Entre, dit l'oiseleur. Bienvenue chez moi, Mirabelle.

J'ai dû attendre dix minutes de l'autre côté de sa porte, osera, osera pas. Ça doit faire deux semaines que j'y pensais. J'ai appuyé le doigt sur la sonnette et il a ouvert tout de suite, comme s'il m'attendait.

C'est un lieu bien étrange, chez lui. Ça n'a rien à voir avec le demi-sous-sol de la rue des Amélanchiers, ça ne ressemble à rien d'autre que je connaisse. Ici, le regard porte loin: on est dans le salon, la cuisine et les chambres en même temps, sans murs pour séparer les territoires. Au milieu de la place, une volière de bambou dans laquelle pourrait vivre toute la population d'oiseaux des îles Galápagos. Il ne s'y trouve qu'une perruche, la tête rentrée sous l'aile. Plus loin, près des grandes fenêtres, des toiles blanches déposées contre le mur. Sur une table, des tubes de couleur et le livre d'Audubon qu'il a offert de me prêter.

Il m'entraîne vers la volière, ouvre la porte.

— Allez, murmure-t-il à la minuscule chose verte immobile sur son perchoir. Viens, Béatrice, viens voir notre visiteuse.

Pendant qu'il encourage la perruche à monter sur sa main, je remarque un espace sans plumes sur son ventre. On voit la peau rose.

— Pauvre petite bête. Pourquoi fait-elle ça?

— On ne sait pas toujours très bien pourquoi un oiseau se met à s'automutiler, dit l'oiseleur en caressant la tête de la perruche avec un doigt. Des parasites, une maladie inconnue... Souvent, le piquage est dû à une frustration, et il faut découvrir laquelle. Si l'oiseau se sent vulnérable, sans espace pour se cacher, il faut lui construire une petite cabane fermée. S'il a envie de s'accoupler, on peut lui trouver un partenaire. S'il s'ennuie, il faut jouer avec lui. Si la cage est trop petite, on lui en donne une plus grande. Peut-être manque-t-il de sommeil...

— Elle va guérir?

— Très certainement. Ses maîtres ne s'occupaient pas assez d'elle, elle souffrait de solitude. Béatrice n'est pas un cas compliqué, tu sais. Un peu d'attention suffit.

Pendant que Béatrice escalade le bras de

l'oiseleur et marche jusqu'à son épaule, je me dis que je comprends ça, une perruche qui souffre de trop de solitude. J'étais exactement comme elle, avant que Catherine devienne mon amie. À force de me sentir seule, à chaque pensée noire, j'arrachais une plume.

La perruche s'approche du visage de l'oiseleur et commence à lui picorer la joue.

— Elle vous donne des baisers pointus.

— Tu veux la prendre?

Je tends le dessus de ma main, l'oiseau hoche sa minuscule tête. J'avance la main jusqu'à frôler celle de l'oiseleur. La perruche traverse de lui à moi, grimpe le long de mon bras jusqu'à mon épaule. Dans le cou, à la naissance des cheveux, elle se met à picorer doucement.

— Ouille! ça chatouille!

— Elle aime la chaleur des cheveux, dit l'oiseleur, en souriant. Décidément, elle va beaucoup mieux.

Je ne dors pas. Dans le miroir au-dessus de la commode, j'aperçois deux yeux immenses qui mangent tout l'espace du visage, comme si je voulais avaler le monde avec mes yeux. Je pose mes mains sur mes seins.

J'aurais voulu que l'oiseleur me prenne dans ses bras et me serre contre lui. Dans le miroir, mes yeux me fixent, humides, avec des lueurs. Étranges, mes yeux. Entre mes cuisses, ça devient tout mouillé, tout chaud. Je glisse une de mes mains sur mon ventre et je touche là aussi.

Il paraît qu'il a dans les trente-cinq, quarante ans. Les filles à l'école pensent qu'il est trop vieux. Moi, je ne trouve pas.

Mes doigts effleurent ma vulve, j'ai l'impression que je vais fondre à l'intérieur. Dans le miroir, ma bouche s'ouvre toute seule. Mes jambes, elles, commencent à flancher.

Je retourne dans mon lit, je m'enfouis sous les couvertures et je continue à me caresser. Mon corps se met à onduler tout seul. Mes doigts glissent, vont et viennent, lentement. Un peu plus vite. Ah... Je ne peux plus m'arrêter.

En moi, quelque chose explose, un cri sauvage. Est-ce qu'elle m'a entendue?

Non. Je me suis mordu la lèvre. J'ai crié à l'intérieur.

Chapitre 7

Les ailes brisées

Au Stop Café, on mange une frite à trois, pendant que dehors tombe de la neige pelucheuse et qu'il fait presque noir.

— Je m'ennuie déjà du vélo et des patins à roues alignées, soupire Catherine. Des soirées trop chaudes et des sorbets à la mangue.

Moi, pendant les grandes vacances, je ne fais ni vélo ni patin. Ça roule trop vite pour ma mère. Je pourrais m'échapper, ne plus revenir, il n'y aurait plus personne dans sa vie.

— L'été prochain, poursuit Cath, ma mère m'engage à la friperie. Vendeuse de vieilles dentelles, de bas résille et de robes perlées! Vous vous rendez compte?

— Moi, dit Marc, qui n'a rien écouté, au début des grandes vacances, je fais du reboisement. L'année dernière, j'ai planté des milliers d'épinettes blanches en Gaspésie. Je mets l'argent de côté pour les cours de parachutisme.

Catherine plisse le nez de dégoût.

— Beurk! Travailler dans les maringouins!
Ce n'est pas moi qui ferais ça!

Ils sont drôles, ces deux-là. Jamais d'accord sur rien. Pourtant, ils se ressemblent, ils n'ont jamais peur, ils foncent dans la vie.

— Les épinettes blanches sont très nordiques, je dis, et leurs aiguilles poussent tout le tour de la branche contrairement à celles des sapins baumiers qui...

Mais personne n'écoute, ou c'est moi qui parle trop bas, alors j'arrête.

Marc, c'est trop pour moi. Marc, il est trop beau... Et puis, il ne pense qu'à une chose: voler. Quand même, dans mon sac, je garde ma brosse à cheveux. Je suis prête à toute éventualité.

Finalement, le jour de mon anniversaire, ma mère me tend un sac-surprise. Dedans, le chandail jaune.

— Essaye-le, ma petite Mirabelle, dit-elle de sa plus douce voix.

— Non!

Je cours tout le long du couloir, je claque la porte de ma chambre. J'aurais envie de hurler comme un enfant-loup. À la place, j'attrape le grand livre d'Audubon qui traîne sur la commode, me laisse tomber sur mon lit.

Est-ce que les autres mères haïssent leurs filles parce qu'elles grandissent et veulent s'habiller de noir? Ou bien si c'est juste la mienne?

Il paraît qu'Audubon a observé les oiseaux sa vie entière. Il partait pour de longs voyages en solitaire, s'enfonçait au coeur des forêts perdues. Il cherchait, cherchait, toujours plus loin. Il revenait de ses expéditions avec des dessins fabuleux. Je ne pourrai jamais dessiner aussi bien que lui. C'est trop beau, toutes ces couleurs subtiles, cette précision dans le détail. Jamais je n'y arriverai. Des fois, je ressens ça très fort, que je n'y arriverai pas. Pas seulement à dessiner. À grandir. À partir.

Il faut épousseter la neige sur le banc de bois avant de s'asseoir. Il fait un temps de neige douce et nous n'avons pas froid. Pourtant, je tremble de partout et j'ai peur que mes dents se mettent à claquer toutes seules.

— Tiens, un ginkgo, fait Marc en levant les yeux. Il y a très peu de spécimens par ici.

À maturité, il peut atteindre jusqu'à quarante mètres. Je t'ai dit que je vais étudier en foresterie?

Je n'ai jamais rencontré personne à part moi qui sache reconnaître un ginkgo. J'aimerais lui parler de la glaciation et tout, mais autant je bavarde comme une pie avec Catherine, autant je suis muette avec lui. Cette histoire de baiser occupe toute la place entre nous. Et puis, les gars, ça n'écoute pas quand on parle. Je sors ma brosse à cheveux de mon sac et la lui tends. Il sourit.

— Ça, c'est une chouette idée. Viens t'asseoir plus proche. Tourne-toi. Oui, voilà.

Il défait lentement ma natte capable de tirer un autobus. Avec ses doigts, il sépare ma tignasse qui tombe jusque dans le milieu du dos.

— Qu'ils sont beaux...

— Moi, j'aimerais mieux des cheveux aussi ras que les tiens.

— Ah non! ne les coupe jamais! C'est ce que tu as de plus beau, Mira. C'est ta parure à toi.

— Tu... tu me trouves un peu jolie? je dis, le coeur tout à l'envers.

Au lieu de répondre, il prend la brosse et la passe doucement sur ma toison. Ça ne fait pas mal du tout, ça ne gratte pas la peau du crâne. À l'intérieur de moi, ça continue à trembler, et les papillons volettent dans mon estomac. Va-t-il vouloir m'embrasser, lui aussi? Est-ce que je vais étouffer? Sa langue va-t-elle me fouiller comme celle du tamanoir? Est-ce que son sexe va devenir dur contre mon ventre?

Je m'imagine qu'il se penche et me donne un baiser, là, derrière l'oreille, et j'ai des frissons sur la nuque qui montent et descendent rien que d'y penser. Je voudrais qu'il m'embrasse... Non. Pas tout de suite. Je voudrais... Je voudrais rester là, mon dos appuyé contre sa poitrine, sans parler ni rien. Longtemps. Hiberner peut-être...

Je chuchote:

— Pas de baiser sur la bouche, O.K.?

— Je ne veux pas t'embrasser, Mira, je veux juste brosser tes cheveux doucement.

Je ne sais pas pourquoi, ça me met de mauvaise humeur.

Je retourne chez l'oiseleur. Cette fois, il ne m'a pas invitée. Il fait une drôle de tête en ouvrant la porte.

— Mirabelle? Mais que veux-tu?

— Je viens vous rendre votre livre d'Audubon. Béatrice va mieux?

C'est la seule idée que j'ai trouvée et je deviens aussi rouge qu'un homard ébouillanté. D'ailleurs, c'est effrayant ce qu'on fait aux homards. Je n'en mangerai jamais. En attendant, je fixe le bout de mes bottes. D'autant plus que je vais devoir mentir à ma mère tout à l'heure, pour l'horaire du cours de géo.

— Elle va de mieux en mieux, dit-il en me prenant le livre des mains. Ses plumes repoussent. Elle va rentrer chez elle bientôt.

— Papa, s'exclame une petite voix derrière lui, c'est qui la dame? Ma nouvelle gardienne?

— Non. Voici Mirabelle, sourit l'oiseleur. Elle vient prendre des nouvelles de la perruche.

Accroché aux jambes de son père, un petit garçon aux yeux sombres comme des lacs m'annonce gravement:

— Je m'appelle Joël. Tu viens?

Sans attendre la réponse, il m'entraîne vers la volière où s'égosille de plaisir une Béatrice au ventre uniformément vert émeraude. L'oiseleur nous suit.

— Allez, bonhomme, va jouer. Je veux m'entretenir avec cette jeune dame.

— À bientôt, Mirabelle, dit Joël en trottinant à travers le loft jusqu'à sa chambre sans murs.

— Gardes-tu les enfants? me demande l'oiseleur. J'aurais justement besoin d'une gardienne un soir par semaine.

— Non... Je n'ai pas d'expérience...

J'ai le coeur serré parce que j'aimerais ça et qu'elle ne voudra jamais.

— Dommage.

Il jette un coup d'oeil vers son fils, là-bas, qui construit une cabane avec un jeu de construction. Ses yeux se remplissent de tendresse.

— Sa mère lui manque beaucoup, ajoute-t-il, comme s'il se parlait à lui-même.

— Ah... Elle... elle ne reviendra plus? je dis, en espérant très fort qu'elle soit partie aussi loin que l'Australie.

— Non. L'amour a disparu entre nous. Et elle a peur que l'enfant entrave sa liberté. Moi, non.

Je ne peux pas comprendre qu'on arrête d'aimer une personne comme l'oiseleur, une personne avec plein de gestes tendres envers les oiseaux et les petits enfants. Je murmure, les yeux baissés, en rougissant, les mains moites et tout, je murmure si bas qu'il ne peut pas entendre:

— Moi, je ne vous quitterais jamais.

Catherine refuse de venir avec moi au
Stop Café. Elle a des étincelles plein les
yeux. Elle a mis sa jupette la plus sexy, un
blouson de denim. Elle va mourir de froid.

— Tu as un nouvel amoureux, c'est ça?

— Mira, je te l'avais dit que...

— Vas-tu rester mon amie? On va se voir
encore?

Je suis si inquiète, tout à coup. Sans Catherine, mon courage s'effiloche, je me sens
aussi seule que Béatrice. Et avec qui je vais
discuter des baisers mouillés, et tout...

C'est vrai, pourtant, que je ne lui ai pas
parlé de mes visites à l'oiseleur, ni de moi
et Marc sous le ginkgo, et encore moins de
mon corps qui ondule tout seul la nuit, sous
les couvertures. On ne peut pas confier tous
ses secrets, même à son amie.

Ma mère et moi marchons sur le boulevard. Elle a mis son nouveau chapeau turquoise, son manteau turquoise et ses gants
turquoise. Moi, j'ai le manteau marine. Ça y

est, elle recommence avec ses voleurs. Elle fait de grands gestes. Dans sa tête, il y en a de plus en plus. Je me referme le plus possible, les poings au fond des poches, le foulard de laine sur la bouche. Je fixe les fentes du trottoir et j'entends des bribes de mots, de phrases. «Je l'ai vu à la télévision, le tailleur gris. Les plis à la taille que j'ai inventés. Identiques!» Je veux hurler: «Ce n'est pas vrai! Arrête!»

Je lève les yeux, je vois d'abord ses mains turquoise, pareilles à des oiseaux affolés. Je détourne un peu la tête. De l'autre côté du boulevard, deux amoureux s'embrassent comme s'ils voulaient se manger. Puis ils arrêtent de s'embrasser, ils nous regardent, gênés. Je stoppe net.

— Qu'est-ce que tu as? Avance! dit ma mère.

Je reste figée, transformée en statue de pierre. Le couple, là-bas, c'est Catherine et Marc.

Couchée en travers de mon lit, je tourne les pages du *Guide des oiseaux de l'Amérique du Nord* que j'ai ramené de la bibliothèque. Je ne lis pas. Je pourrais tenir le livre à l'envers, ça ne ferait aucune différence. Je tourne les pages. Parfois, mon oeil accroche une forme, une autre. La tourterelle triste, la macreuse à front blanc, le drôle de bihoreau.

Je m'imagine expliquer à Catherine le cou rétractile du bihoreau. Elle dirait: «Hein! c'est quoi encore?» Elle me montrerait la dernière revue de mode, pointerait du doigt un t-shirt fluo, un blouson de cuir: «Hé! Tu as vu, Mirabelle?» Mais Catherine, en ce moment même, doit rêver de Marc, de ses baisers mouillés et peut-être de caresses dont je n'ai pas idée. Peut-être est-elle avec lui, les yeux fermés, la bouche ouverte comme un poisson. Je la déteste! Je les déteste tous les deux! Je veux m'en aller, je veux m'en aller, je veux m'en aller!

Je voudrais courir chez l'oiseleur, m'enfermer dans la volière avec Béatrice. M'asseoir dans un coin, la tête sous l'aile. Attendre qu'il vienne prendre soin de moi.

Assise à la dernière table au fond de la cafétéria, je grignote mon sandwich au jambon. Là-bas, à l'autre bout de la salle, Catherine glisse une enveloppe à Manon, qui la tend à Marie-Pier qui la tend à Maxime qui vient me la porter en grognant que les filles, franchement, elles pourraient faire leurs commissions elles-mêmes. Sur l'enveloppe, mon nom. Je l'ouvre, c'est écrit: *Pourquoi tu ne me parles plus?*

Comme si elle ne le savait pas!

En sortant de l'école, je bute sur Catherine, qui m'attendait. Elle a l'air inquiète. Il y a de quoi.

— Qu'est-ce que tu as? Ça fait une semaine que tu te sauves! C'est parce que je t'ai vue avec ta mère? C'est ça? D'accord, elle a l'air très, très bizarre. Ce n'est pas une raison pour me fuir! Si tu voyais la mienne!

— Non, je dis froidement. Tu es occupée avec ton amoureux.

— Quel amoureux? Je n'ai pas d'amoureux!

— Marc! Tu l'embrassais!

— Et alors? On s'est embrassés une fois! Et puis elle comprend.

— Mira! Triple buse! Tu répétais tout le temps: «Oh non! oh non! j'ai trop peur, pas lui, non, non, non. Les baisers gluants, ça m'écoeure!» Je ne pouvais pas deviner, moi!

— Je le sais pourquoi tu n'avais pas

d'amie! Voleuse! Ensuite tu déménages et tu recommences ailleurs!

Je pars à courir sur le boulevard, direction sous-sol. Je n'aurai plus jamais d'amie. Jamais, jamais, jamais.

La directrice entre dans la classe sans frapper. Elle me jette un drôle de regard en coin en parlant à voix basse avec l'oiseleur. La directrice ne vient jamais dans la classe. Elle s'approche de moi.

— Mirabelle, je voudrais que tu m'accompagnes à mon bureau. Prends tes affaires, veux-tu?

Qu'est-ce qui lui prend? Elle s'adresse à moi comme si j'étais gravement malade. L'oiseleur dit quelque chose que je n'entends pas. Nous sortons, la directrice et moi. Dans le corridor, nous marchons en silence. Soudain:

— Il y a une mauvaise nouvelle. Ta mère veut te parler au téléphone.

Dans son bureau, je prends le combiné et j'entends sa voix, pleine de peur et d'angoisse. Je ne comprends pas tous les mots qu'elle prononce. Elle veut que je vienne tout de suite.

Le «Viens-t'en tout de suite» est un ordre. C'est drôle, c'est ça qui me frappe le plus. La directrice offre de me reconduire avec son auto. Je dis «non merci» et ma voix sort de moi comme si ce n'était pas la mienne.

— Ne t'en va pas toute seule. Laisse-moi t'appeler un taxi, au moins.

Je fais non de la tête, je sors de son bureau. Dans le corridor, je flotte au lieu de marcher. Je porte un habit et un casque de scaphandrier, et j'avance au fond de la mer, au ralenti. Je n'entends rien d'autre que les battements de mon coeur qui résonnent jusque dans ma tête.

Je sors dehors et, au lieu de prendre l'autobus ou même un taxi, comme me l'a offert la directrice, je marche. Une demi-heure à pied pour rentrer rue des Amélanchiers. Je marche dans une espèce de ouate. Il fait gris, peut-être neige-t-il, je ne sais pas. Je longe le boulevard, je me dirige vers le tunnel, je vais aussi vite que je peux avec un habit de scaphandrier.

Quand j'étais petite, il m'avait offert un chien sculpté en bois. Un chien-loup. Il savait que j'adorais les chiens, les chats. Ma mère n'aurait pas accepté la présence d'un animal vivant à la maison, parce que nous l'aurions caressé. De nous voir heureux, ça l'aurait rendue encore plus malheureuse. Si j'ai envie de pleurer, en descendant vers le tunnel, c'est à cause du chien, du chat qui n'a jamais dormi dans mon lit. Si je pleure presque, c'est à cause de la solitude.

Je sens le froid, mon corps se refroidit, c'est l'humidité des murs de béton qui suintent, mais, de l'autre côté du tunnel, je serai presque arrivée chez ma mère. J'arrête. Je me laisse glisser par terre, en appuyant le dos contre le mur de béton.

Il paraît que c'est un accident d'avion de brousse, là-bas, au-dessus de la taïga, près de la ligne des arbres. Mon père le biologiste faisait des relevés des troupeaux de caribous. Aucun survivant.

Je reste longtemps assise dans le tunnel, en me tenant dans mes bras. Il faut bien se relever pourtant. Il faut bien se remettre en marche.

Rue des Amélanchiers, j'ouvre la porte du logement. Elle est assise sur le plancher, au milieu de la cuisine. Elle pleure et me crie:

— Ça t'a pris trop de temps! Ça t'a pris trop de temps!

Autour d'elle, toutes ses boîtes de carton, ouvertes. Le sol est jonché de retailles bigarrées, de balles de laine de toutes les couleurs. Oui, la cuisine est habitée de couleurs. Turquoise irisé comme la queue du paon, roux comme le pelage roux du renard roux, rouge cardinal, zaune pinzon.

Moi, je continue jusqu'à la chambre du fond, j'attrape Brenda et, d'un coup sec, des deux mains, je lui arrache les ailes.

Chapitre 8

La mélopée
des morceaux perdus

Je suis malade, prisonnière de mon corps-montagne. Quand la fièvre s'installe, je ne peux plus bouger. Ma langue pèse une tonne dans ma bouche et repose, immobile, entre mes dents. Mes pieds s'éloignent au bout du lit, ne m'appartiennent plus. Mon corps s'étale à travers toute la chambre comme de la gélatine. Je ne pourrai plus bouger, jamais.

Dehors, il neige. Une neige qui n'en finit plus de tomber, fine, serrée. Je ne vois qu'un coin de lumière, la fenêtre de ma chambre aux trois quarts bouchée par la neige de février.

Dans le salon, dans la cuisine, dans sa chambre, ma mère coud. Ma mère tricote. Les robes et les chandails se multiplient, les foulards s'allongent. Ma mère fabrique, avec ses restants de laine, des kilomètres de foulards de toutes les couleurs. Elle a entrepris, en utilisant les retailles de ses anciennes créations, une courtepointe gigantesque.

Moi, je ne dessine plus. Je ne lis plus. Je ne regarde pas mon corps grandir dans le miroir. Je ne le caresse pas. Sur la commode, à côté de mes objets fétiches, Brenda, les ailes de Brenda et le chien de bois sculpté, traîne une carte des camarades de classe, signée par tout le monde et par l'oiseleur. Il y a aussi une lettre de Catherine où elle a écrit qu'elle est triste pour moi et qu'elle est toujours mon amie. Elle a glissé dans l'enveloppe deux des quatre photos qu'on avait faites ensemble au dépanneur, il y a si longtemps.

Je n'ai pas de peine, non. Pas de peine. Il n'aurait pas tenu ses promesses de toute façon.

Je m'assois dans mon lit, en pleine nuit noire, je ne peux pas dormir. J'enserre mes genoux avec mes bras, je pose la tête dessus, et j'invente à mesure une étrange mélopée, en faisant semblant que ce sont les bras de quelqu'un d'autre qui me bercent.

«Viens-t'en, tu veux?
Viens rassembler les morceaux de moi perdus,
Éparpillés aux quatre vents. Cassés.
Bouts de porcelaine aux arêtes tranchantes.
Je t'attends.»

Quand j'étais petite, juste après le départ de mon père, et le déménagement dans le demi-sous-sol de la rue des Amélanchiers, j'avais été malade. Dans ce temps-là, le soir, ma mère éteignait la lampe de chevet, fermait la porte complètement: elle ne voulait pas croire que des monstres s'embusquaient sous les lits, dans les recoins, et qu'ils étaient dangereux. Peut-être que je n'en parlais pas non plus, il aurait fallu qu'elle devine. Des fois, elle la laissait entrouverte, un mince rai jaune tranchait alors le plancher de bois verni pendant que les monstres ricanaient derrière les pivoines du papier peint.

Un soir que j'étais prisonnière de mon corps-montagne, incapable de me défendre si les bêtes décidaient d'attaquer, quelqu'un a sonné à la porte d'en avant. Ma mère est allée ouvrir et j'ai reconnu le son de sa voix à lui. Elle s'est mise à pleurer très fort:

«Toujours toute seule. Toujours. Et la petite est malade. Si elle mourait, hein? Toi, tu t'en fous!» Moi, je ne savais pas que j'allais mourir, ça m'a inquiétée.

Il est entré dans la chambre, a posé sa main sur le front chaud de sa petite fille aux yeux trop englués pour les ouvrir, et je me suis endormie tout d'un coup. Le lendemain matin, en me réveillant, j'ai trouvé Brenda au pied du lit, les ailes déployées.

Je marche avec ma mère dans la neige, au pied des pentes de ski. Nous sommes venues ce matin, en autobus. Elle croit que le bon air de la montagne nous fera du bien. L'air est piquant. À marcher lentement, on gèle, on grelotte.

Nous suivons les sillons laissés par les skis dans la neige au bas des côtes. Des enfants nous dépassent en glissant sur leurs skis, se propulsant avec leurs bâtons. Ils se rangent dans la file d'attente, impatients d'attraper le remonte-pente qui, après la secousse de départ, les emporte lentement vers le sommet de la colline.

Le remonte-pente fait un bruit rouillé quand il tourne dans l'engrenage. Je me demande à quoi ça ressemble, tout en haut. Qu'arrive-t-il quand on saute en bas des sièges? Est-ce qu'on tombe de haut? Est-ce qu'on peut rester pris, suspendu par une jambe, la tête en bas? Y a-t-il un gardien qui surveille les enfants afin qu'ils ne se blessent pas?

— Allons boire un chocolat chaud, Mirabelle, dit ma mère. Le soleil baisse et nous avons marché longtemps.

Dans la cafétéria bondée, nous sommes les deux seules personnes du refuge sans bottes de ski aux pieds. Je prends la tasse brûlante, l'approche de mes lèvres. De l'autre côté de la grande fenêtre, les derniers skieurs dévalent la pente. Leurs ombres les suivent comme de longs fantômes couchés sur la neige. Ma mère dit: «C'est trop dangereux, tu es trop fragile, et puis on n'est pas riches, nous deux.»

Je ne suis pas jalouse, non. J'aurais bien trop peur de dévaler les côtes. J'ai seulement du chagrin de ne pas être avec les autres. Je suis des yeux les mouvements gracieux des enfants qui se laissent glisser. Sans balises, les enfants sur les pentes. J'avale une gorgée de chocolat chaud. Le chocolat me donne mal au coeur. Je repose avec soin la tasse sur la table de bois.

La température chute dehors, on annonce la fermeture des remonte-pentes. Sur la piste éclairée par la lumière rasante de la fin du jour, ils descendent pour la dernière fois, droit devant, ne freinent jamais, accélèrent.

— Ton père a laissé de l'argent pour tes études, lance ma mère, brusquement. Ce que tu voudras. C'est écrit dans le testament.

— Maman, je réponds très doucement, je ne suis plus malade. Je voudrais retourner à l'école, maintenant.

Tout le monde me regarde. C'est vrai que j'ai perdu du poids, c'est vrai que j'ai encore grandi. Il paraît que j'ai manqué deux mois d'école. Moi, j'ai l'impression que ça fait mille ans.

L'oiseleur pose sa main une seconde sur mon épaule.

— Je suis désolé pour ton père, Mirabelle... Je suis content que tu sois revenue. Écoute, si tu veux, passe à la maison. Je t'expliquerai les exercices que nous avons faits pendant ton absence. En mettant les bouchées doubles, tu rattraperas ton retard sans problème.

Catherine, au fond de la classe, me regarde fixement. Elle tend une enveloppe à Audrey qui la donne à Carlos qui la donne à Mathieu qui...

Mira,

Pour comparer nos croquis, inventer des projets d'avenir, pour se chamailler à propos de la différence entre le bleu de Prusse et le bleu indigo, pour te convaincre une fois pour toutes qu'embrasser un gars, ce n'est pas la fin du monde (même si parfois, c'est magique), pour rire de la moustache du prof de maths, pour aller manger des frites écoeurantes au Stop Café, j'ai besoin de toi. Je ne voulais pas te faire de la peine, je n'ai pas réfléchi et je n'ai rien compris. Je m'excuse.

Cath

J'ai décidé de relire mes livres préférés. Je commence par Michel Strogoff, qui marche à travers toute la Russie, dans la neige, à pied. Il traverse Novgorod, les fleuves gelés, l'Oural, les plaines mongoles. Il est aveugle, il marche les bras tendus vers l'avant. Mais il n'est pas seul.

— Joël est parti quelques jours chez sa grand-mère, dit l'oiseleur en ouvrant la porte, et Béatrice est revenue. Tu veux la voir avant que je te montre les exercices des deux derniers mois?

Je m'approche de la volière de bambou dans laquelle j'ai déjà rêvé de me réfugier. La pauvre bestiole a la moitié du ventre à vif. Pourtant, elle a l'air heureuse de me voir et, lorsqu'il la prend et la dépose sur mon bras, elle fait son cirque habituel.

— Je la garde, continue l'oiseleur. Ils me l'ont donnée. Quelle idée d'adopter un animal quand on est incapable de s'en occuper...

Béatrice marche sur mon bras, très à l'aise. Elle s'immobilise sur mon index, je l'approche doucement de mon visage. Elle me donne des bisous sur les joues et sur le coin des lèvres. Si l'oiseleur l'adopte, elle ne se fera plus de mal. Rien que d'y penser, je me sens mieux, tout à coup.

Je tourne un peu la tête de côté, je souris à l'oiseleur. C'est bon les baisers de Béatrice et moi je me sens si bien.

Mes genoux se mettent à trembler, des vagues montent dans mon ventre. Je le regarde toujours entre mes cils.

— Redonne-moi l'oiseau, ça suffit.

Sa voix est étrange et, lorsque son doigt frôle le mien pour reprendre Béatrice, ça fait un choc électrique dans mon corps.

Il ouvre la porte de la volière, fait un geste de la main, la perruche s'envole vers son perchoir. Il se tourne vers moi, approche sa main de ma joue, là où l'oiseau m'a touchée de son bec. Il la laisse glisser jusqu'à mon cou. Elle est brûlante, sa main sur ma nuque. J'ai les jambes toutes molles.

Il me dévisage et, dans ses yeux, je vois toute la tendresse du monde et autre chose que je ne connais pas. S'il ne me prend pas dans ses bras, mes genoux vont flancher.

— Mirabelle...

J'arrête de respirer, son visage à lui tout proche, et l'air trop chaud. Il ferme les yeux, moi aussi. Il a laissé sa main sur ma nuque. Je vais tomber, je vais tomber...

— Mirabelle...

Et là, dans le silence, juste avant que mes genoux flanchent, mes lèvres prononcent quelque chose d'incroyable. Quelque chose que je n'avais pas prévu.

— Embrassez-moi, s'il vous plaît. Avec la langue.

Il retire sa main si vite, c'est comme une gifle, un coup de tonnerre, une fin du monde.

— Je ne peux pas, Mirabelle. Je ne peux pas. Tu ne dois plus revenir ici.

Sa voix tremble, je recule. Je m'enfuis pendant qu'à l'intérieur je sens les morceaux de moi tomber, tomber, disparaître au fond de la crevasse.

Je relis l'histoire de la femme qui vit seule dans les montagnes de l'Afrique, qui se couche par terre avec son ami gorille. Mâche des feuilles. Grogne. Plus tard, lorsqu'ils sont morts tous les deux, on les enterre côte à côte. Des pierres les réunissent. C'est ça que je veux.

Et puis, je veux une boussole qui indique le nord, ça peut toujours servir. Je voudrais être un ours polaire seul sur son territoire et tuer tout ce qui s'approche parce que je suis le plus fort de tous. Je n'apprendrai jamais à coudre ou à tricoter. La nuit, je me berce dans mes bras, je chante ma mélopée des morceaux cassés. «Viens-t'en, tu veux? Viens ramasser les morceaux de moi.»

Je me réfugie à la bibliothèque et je relis l'histoire de l'enfant-loup capturé qui hurle et tourne en rond dans sa cage. Il n'a rien à voir avec les humains qui veulent le transformer en petit garçon portant un habit du dimanche, les pieds serrés dans des chaussures étroites. Il ne rêve qu'à s'enfuir dans la forêt. Un enfant-loup en cage est la personne la plus seule, la plus désespérée qu'on puisse imaginer.

Ah non! Pas lui! J'ai manqué son cours, je n'irai plus jamais et, là, il entre à la bibliothèque et m'aperçoit, cachée dans mon recoin, près de la fenêtre. Je me lève, le livre de l'enfant-loup tombe sur le tapis en même temps que ma chaise.

— Mirabelle! Attends une minute!

Il m'attrape par le coude, ça fait mal.

— Ça ne peut pas être moi, et ça ne sera jamais moi, comprends-tu?

— Je... je voulais juste que vous m'appreniez, je dis, en baissant la tête. J'ai besoin que quelqu'un m'apprenne à embrasser, et vous étiez si, si...

— J'aurais aimé t'embrasser et ça, tu l'as senti, chuchote-t-il en lâchant mon bras. Tu es belle et, pour un moment, je t'ai désirée très fort, comme un homme adulte désire une femme adulte...

— Ah oui?

Je lève les yeux vers lui, des vagues dans mon ventre et tout.

— Je suis ton prof, pas ton amoureux!

Sa voix est rêche et enrouée. Moi, je n'ai plus rien à lui dire. Je frotte mon bras là où ça fait mal. Je ramasse mon livre et lui la chaise.

— Je m'inquiète pour toi, Mirabelle, ajoute-t-il, radouci, presque tendre. Depuis que tu es revenue, tu sembles si désemparée, si... perdue. La mort de ton père, tout ça...

Il fait un geste des deux mains comme s'il voulait rassembler le «tout ça», comme s'il ne trouvait pas les mots. Peut-être qu'il n'y a pas de mots.

— Que dirais-tu d'aller voir Paule?

— Paule... C'est qui, Paule? La nouvelle psy?

— C'est une personne que j'estime beaucoup, Mirabelle. Une personne très spéciale. Je lui ai parlé de toi. Si tu veux, pendant mon cours de vendredi, tu pourrais aller la rencontrer. Personne ne va prévenir ta mère.

— Pourquoi j'irais?

Je serre les poings pour ne pas tomber en miettes à ses pieds.

— Parce que je m'inquiète pour toi. Mais surtout parce qu'elle aide les âmes à guérir de leurs blessures... Et toi, en ce moment, tu saignes de partout.

J'appelle en dedans de moi, il n'y a personne. Je tombe dans une crevasse noire, dans le centre de la Terre, là où il n'y a plus aucune lumière. Je suis une poupée de chiffon noyée, je me défais dans l'eau grise. Ma mère me regarde m'effilocher.

Je me réveille en sursaut, bondis vers la commode. Ils sont bien là, tous mes objets fétiches, déposés pêle-mêle près de la veilleuse. Je les touche un par un, je les caresse. Le chien de bois sculpté, la vieille Brenda, ses ailes déposées à côté d'elle, les deux photos et les trois lettres de Catherine.

Je garde la tête baissée. Debout sur le seuil de la porte du bureau 324 du corridor G, je lorgne vers le fauteuil bleu en face du sien.

C'est drôle, ça, un fauteuil au lieu d'une chaise et pas de bureau. Je me suis perdue deux fois en venant.

— Bonjour, Mirabelle. Je m'appelle Paule. Je t'attendais. Veux-tu t'asseoir?

— Non, je dis en levant la tête. C'est l'oiseleur qui m'envoie. Je ne resterai pas longtemps.

Elle a une crinière rousse et frisée, des taches de rousseur sur le nez et des petites lunettes rondes teintées. Ça lui donne l'air d'un hibou. À côté d'elle, appuyée sur le bras de son fauteuil, une canne blanche.

Je balbutie: «Mais... mais c'est vous?»

— Tu m'as croisée dans les couloirs, peut-être? Avec ma canne blanche, on doit me voir venir de loin...

— Euh... Non... oui, je vous ai aidée à traverser la rue le premier jour... Ça fait si longtemps...

Elle fronce les sourcils, cherche dans sa mémoire, et je me demande comment ils font, les aveugles, sans images, sans couleurs, pour se souvenir. Elle sourit.

— Mmm... Le chien-guide... C'était toi?

— Ouais.

— Tu m'avais aidée, ce jour-là, Mirabelle.

J'aimerais bien qu'elle change de sujet et j'ai hâte de m'en aller, mais elle prend son temps pour parler, avec des silences entre les mots.

— Et si... si c'était à mon tour de te guider, là où tu as perdu tes repères...

Qu'est-ce qu'elle s'imagine? Que je vais la laisser m'apprivoiser? Un ours polaire, on sait. Un couguar, on sait. Mais un être humain... Quand mon père est parti de la maison, a-t-il seulement pensé à moi? Non. L'oiseleur, il m'a laissée m'approcher et, ensuite, il a fermé sa porte. Catherine, oh! Catherine, tout ce qui l'intéresse, c'est de faire danser ses hanches devant les gars.

Comme je ne réponds pas, Paule me raconte qu'à l'école ils sont plusieurs à s'inquiéter pour moi, que si je veux lui parler de ce qui ne va pas, elle est là pour m'aider. C'est son travail. Elle m'explique aussi que je peux venir à son bureau une fois par semaine jusqu'à la fin de l'année scolaire, mais pas plus. L'an prochain, elle ira travailler dans une autre école, très loin d'ici.

— Rien de ce que tu diras dans mon bureau ne sera rapporté à ta mère. Ni à personne.

C'est idiot. J'ai l'impression qu'elle me regarde. Comme l'oiseleur regardait son fils quand il avait dit: «Sa mère lui manque.» Je déteste ça.

Finalement, dans le silence qui dure et qui me rend mal à l'aise, il faut bien faire quelque chose, alors je souffle: «J'ai été malade et j'ai manqué deux mois d'école.»

— Veux-tu m'en parler plus?

— Non!

À cet instant, sans prévenir ni rien, mes yeux se mettent à pleurer tout seuls. Moi qui ne pleure jamais devant les autres. Jamais, jamais, je le jure.

Je me laisse tomber dans le fauteuil bleu en face du sien, les mains sur le visage, pour cacher ce qui déborde et parce que je suis si fatiguée. Je sens son regard aveugle posé sur moi, et peut-être que son regard aussi me fait pleurer. Comme s'il voyait à l'intérieur.

Elle se tait.

Je déplace mes mains, les place autour de moi. Je berce mes morceaux éparpillés. Ça pleure toujours. Ça pleure toute l'heure que je reste avec elle.

— C'est terminé pour aujourd'hui, Mirabelle. Veux-tu revenir lundi?

Sa voix est très douce.

Je ne réponds pas. Je renifle. Si je continue comme ça, je vais me liquéfier.

Chapitre 9

Les êtres humains

Couchée sur le dos, les yeux grands ouverts, je ne peux pas dormir. Au plafond, les pensées sombres tournent en rond comme des rapaces affamés. Tout à l'heure, on sera dimanche matin et ma mère voudra aller marcher. Elle me tiendra par le bras, sa voix prendra toute la place. J'étouffe déjà.

Je me lève d'un coup, ramasse sur la commode une des ailes de Brenda. C'est vraiment trop triste, ça. J'essaie de la replacer là où elle va, dans la déchirure. Je la pousse un peu. Peine perdue. De la paille s'échappe de la blessure et tombe sur le dessus de la commode, et autre chose encore: un papier jauni plié en quatre. Je l'ouvre et il s'effrite presque entre mes doigts. Une écriture inconnue, à demi effacée. *La liberté ne se donne pas. Elle se prend.*

Je ricane. La liberté? Connais pas. Je suis une Brenda, moi, empaillée, sans ailes. Je veux juste retourner dans mon lit avec cette envie de mourir.

Et puis non. Non! La liberté ne se donne pas? Elle se prend? On va voir ça, si je suis libre!

Je bondis dans le corridor, file jusqu'à la cuisine, fouille dans le tiroir aux ustensiles, les voilà! Je reviens dans ma chambre, me plante devant le miroir. Mes yeux luisent dans la pénombre. J'empoigne ma natte d'une main, les ciseaux de l'autre.

Un bruit de déchirure.

J'ouvre la main, la natte tombe comme un cordage trop lourd.

Je coupe. Encore.

Des touffes de cheveux jonchent le plancher de bois verni. Dans le miroir, j'ai l'air aussi sauvage et hirsute qu'un animal libre de la forêt. Je montre les dents. Je brandis le poing. Elle se prend, la liberté?

Vite, mon *legging*, mon chandail, ma doudoune, mon sac à dos. Ah! C'est comme ça? Je suis libre, moi? Regardez-moi bien aller!

Je cours dans le corridor, j'attrape mes bottes. La voix de ma mère, tout endormie: «C'est toi, ma belle Mirabelle?» Je sors. Il n'y a pas de cadenas sur la porte, il y a un cadenas dans ma tête. Ma mère l'a inventé, j'y ai cru. Non, je n'irai plus jamais marcher avec elle, vous m'entendez? JAMAIS!

Dans la rue, la nuit noire. Dans la nuit, le froid. Je cours jusqu'au boulevard, je sais où je vais. Ah oui! je le sais!

Je cours vers le tunnel, remonte de l'autre côté, passe devant le parc aux baisers, devant le dépanneur, devant le Stop Café, devant l'école aux fenêtres noires. Je cours comme si je courais le marathon.

J'entends une auto venir derrière moi. J'arrête, me retourne, lève la main. Elle freine juste à ma hauteur. La portière s'ouvre.

— Vous allez vers le nord? je dis, à bout de souffle.

Je parcours les cinq derniers kilomètres à pied, sur la route de neige tassée qui monte et qui descend, serpente à travers la forêt de conifères. Ça n'a pas été difficile. Trois autos, deux camions. Au dernier village, j'ai acheté un pain et du beurre d'arachide.

C'est bon, le silence craquant. Il fait doux, le soleil perce des trouées de lumière à travers les branches des bouleaux jaunes. Leurs bourgeons ressemblent à de petits poings fermés en attente du printemps.

La route se rétrécit encore, n'est plus qu'une piste de motoneige. Là, l'écriteau en forme de flèche, l'entrée du sentier. Je cale dans la neige jusqu'aux cuisses en descendant vers le chalet. Enfin, mon lac Perdu apparaît, rond, lisse et blanc, sous le ciel dur. C'est beau et ça fait peur, toute cette solitude blanche.

Je trouve la clé sous la première marche, déposée sur une pierre plate, exactement là où nous l'avions laissée en partant, l'été dernier. J'entre. À côté du poêle, une grosse brassée de bois. Un bidon d'eau sur le comptoir. Je fais le feu, mets de l'eau à bouillir. Sur le crochet, la veste de chasseur qui sent la laine mouillée lorsque je renifle la manche.

Une tasse de thé brûlant à la main, je mange le pain et le beurre d'arachide debout, face à la fenêtre, en surveillant le lac. Ensuite, je sors dehors et je m'avance au bout du quai de planches recouvert de glace. J'écoute le silence de l'hiver, je respire l'odeur de la neige. Devant moi, entre les montagnes de granit, l'étroite vallée s'ouvre vers le nord. J'attends. Longtemps.

Quand ça fait trop longtemps, je marche jusqu'au centre du lac désert. Et là je brame. Je brame et brame et brame encore jusqu'à ne plus avoir de voix, jusqu'à ce que la neige rosisse et que le soleil tombe comme une pierre rouge.

Dans la nuit, couchée par terre près du poêle à bois, pelotonnée dans ma doudoune, j'entends les bruits de la forêt. Des craquements, des choses rauques, des lamentations, des pas, peut-être. Des mâchoires qui claquent et des battements d'ailes.

Je me lève, traverse la véranda, ouvre la porte toute grande.

— Qui est là?

Je descends les quelques marches, m'avance au bout du quai de planches.

Au milieu du lac, sous les étoiles, sous la lune pleine, tous les êtres humains que je connais sont rassemblés, debout, face à moi. J'ai dû bramer trop fort et trop longtemps.

Ma mère, là-bas, pleure qu'elle a besoin de sa Mirabelle et que le chandail jaune, c'est parce qu'elle m'aime. Catherine, les mains en porte-voix, m'appelle: «Je veux rire et dessiner avec toi, mon amie! Reviens!» L'oiseleur, tenant Joël endormi dans ses bras, dit d'une voix sourde: «Tu es désirable, belle. Je m'inquiète pour toi.» Paule, elle, ne dit rien. Elle tend la main, son regard tourné vers l'intérieur.

Le plus étrange, c'est que plus loin, derrière les humains, de l'autre côté du lac Perdu, ils apparaissent eux aussi: mes animaux, regroupés à l'orée de la forêt boréale, me regardent de leur étrange regard, sans bouger d'une patte. Tous les chats, tous les chiens inconnus que j'ai caressés sur le chemin de l'école, la minuscule Béatrice, perchée sur le panache du géant Strogoff, et même Brenda, ses ailes revenues, mon chien de bois sculpté, mon vieux Renard pelé. Ils ne m'abandonneront jamais. Mes premiers amis.

Je me réveille à l'aube, couchée par terre près du poêle, pelotonnée dans ma doudoune. Le feu s'est éteint. De l'autre côté de la fenêtre, le lac est désert.

— À partir d'ici, si tu marches vers le nord, tu ne rencontreras plus personne, tu mourras de froid et de solitude. Il faut rentrer, Mira, allez, rentrons. Tu ne vas pas marcher vers le nord. Tu ne veux pas mourir.

C'est moi qui ai parlé.

Chapitre 10

Ça fait mal

Depuis un mois, le mardi et le jeudi, je parle de moi à Paule, comme si j'étais un casse-tête aux morceaux éparpillés par terre n'importe comment, et je ne sais pas quelle image ça va donner. D'ailleurs, je ne suis pas sûre d'avoir tous les morceaux. J'en ramasse un, au hasard, je le décris à Paule.

Tiens, ici, la petite Mira apprend les couleurs, assise sur les genoux de son père: elle est amoureuse. Là, elle tombe de son petit avion et elle a si peur... Là, elle s'amuse avec des retailles, l'aiguille et le fil que sa mère lui donne, elle invente un bonnet pour sa poupée. Là, elle brandit le poing vers Catherine qui l'a trahie... Je dois être un casse-tête d'un million de morceaux!

Oh! je n'ai pas parlé tout de suite! J'ai pleuré longtemps, enfouie dans le fauteuil bleu, imaginant que le regard de Paule m'enveloppait comme des mains qui bercent les vieux chagrins.

Un jour que je pleurais très, très fort, Paule a soupiré.

— Mirabelle, je ne sais pas quoi faire... Toi et moi, nous avons si peu de temps à passer ensemble et j'aimerais tant t'aider... Veux-tu me faire un petit peu de place et me parler de ce grand chagrin qui t'habite?

— Tu peux m'appeler Mira, j'ai dit en reniflant. J'aime mieux ça que Mirabelle. Une mirabelle, ça se mange.

— Ah... Et une Mira, ça regarde... a murmuré Paule en souriant.

Quand je suis revenue du lac Perdu, ma mère n'a pas crié. Je lui avais téléphoné du dernier village et je lui avais dit la vérité. J'étais allée à la pourvoirie, j'avais dormi là, je rentrais. Elle pleurait au téléphone. Ma mère.

Quand elle m'a ouvert la porte, elle ne m'a pas giflée. Pas un mot sur mes cheveux hirsutes. Elle ne m'a pas grondée à propos de l'auto-stop, toute seule, la nuit. Rien sur les violeurs qui rôdent. Pourtant, elle aurait eu raison d'être en colère. Je n'en reviens pas.

Mais surtout, quand je suis entrée dans ma chambre, la première chose que j'ai remarquée, c'est que les ailes de Brenda avaient été réparées. Ma mère avait recousu les ailes.

Une chance que Paule est là, deux fois par semaine, et qu'elle écoute mes drôles d'histoires. Aujourd'hui, je lui raconte que je vis dans un trou sous la terre. Tout à côté, ma mère. Au-dessus, à la lumière, habitent les autres humains. Paule me tend la main, et je peux me hisser pendant quelques minutes avec elle dans le monde de la lumière, avec les autres.

— Il y a donc une vie, pour toi aussi, dehors, interrompt Paule. Une vie où tu n'as pas à rester près de ta mère et de ses peurs... Où tu peux t'envoler...

— Mais pas toujours, seulement un peu et de temps en temps. Quand je retourne à la maison, je retourne au monde souterrain. Quand je sors dehors, j'emmène avec moi une partie du monde souterrain. C'est pour ça que je suis plus triste que les autres, que je m'habille en noir et que parfois je manque de courage.

— Il y a une vie, pour toi, dehors. Elle est à toi, ta vie...

C'est incroyable tout ce que je raconte à Paule. Les morceaux de casse-tête n'arrêtent pas de me sauter au visage. Quelquefois, je pleure en parlant, d'autres fois je suis en colère et le fauteuil bleu reçoit des coups de poing.

Je lui ai confié que, au lac Perdu, j'avais eu envie de m'enfoncer dans la forêt et que j'avais fait cet étrange rêve où elle était présente et me tendait la main. Peut-être que c'était ça, la main tendue pour accueillir, pas pour garder prisonnier, qui m'avait décidée à revenir.

Paule pense que ce jour-là, au lac Perdu, j'ai choisi de faire confiance aux humains, même s'ils m'avaient blessée, même si je les trouvais souvent cruels, même si les blessures, parfois, font si mal qu'on veut s'en aller pour toujours. «Je t'imagine en petit animal sauvage égratigné, qu'il faut toucher avec une grande douceur et seulement quand il est prêt...»

En entendant ces mots-là, j'ai sangloté, enfouie au fond du fauteuil bleu, parce que j'habite dans cet endroit souterrain, sans lumière, sans chaleur, et que c'est trop dur et que ça fait trop longtemps.

À la bibliothèque, j'aperçois Catherine, le nez dans un magazine de mode, la couette de travers. Elle ne voudra plus jamais me parler, c'est certain. Je n'ai pas répondu à ses lettres et je me détourne quand je la croise... Paule m'a dit: «Si tu ne vas pas voir, tu ne sauras pas. Elle t'a écrit trois fois. Elle s'est excusée. Elle t'a démontré combien ton amitié lui est précieuse. Je ne connais pas beaucoup d'adultes qui en feraient autant pour leurs amis. Laisse-lui une chance...»

Prête pas prête, j'y vais.

— Cath... J'ai reçu tes lettres...

— ...

— Bon. Marc, ce n'était pas un gars pour moi, il est trop beau, il veut sauter en parachute... et... et...

— Si on allait manger une frite? interrompt Catherine, avec des trémolos dans la gorge. Tes cheveux, Mira, c'est tellement beau.

— Chacun de vous travaille sur une grande feuille au sol, annonce l'oiseleur.

Lorsque la musique débute, barbouillez! Suivez la musique! Ne pensez à rien! Dansez avec vos pinceaux et vos couleurs!

Nous avons l'air d'une drôle de tribu, nous tous, à quatre pattes à côté de nos pinceaux et de nos godets de gouache, en attente du signal. Les yeux de l'oiseleur croisent les miens, et, encore une fois, il cache sa tendresse et peut-être son désir loin derrière ses consignes de prof. Si loin...

— Partez!

Je plonge et, sur le rythme du tam-tam africain, les couleurs se mélangent, passent du vert-de-gris au kaki, au brun sale, comme lorsque je coloriais les locomotives et les wagons quand j'étais petite, sauf... sauf que la gouache dégouline sur mes mains et que j'aime ça, barbouiller!

— Stop!

Pendant que nous reprenons notre souffle et que nous changeons de feuille en attendant la musique de flûte japonaise, Cath se penche vers moi, toute sérieuse.

— Mira... Toi, ton père, il te l'a déjà dit que tu étais belle?

— Euh... oui... Quand j'étais petite, il le disait.

— Tu sais ce que je voudrais? Retrouver

le mien, le tasser dans un coin, lui crier: «Hé! je suis ta fille! Me reconnais-tu? Me trouves-tu belle?»

— Cath, tous les gars tombent en bas de leur chaise quand tu passes, tellement tu...

Mais la flûte japonaise prend son envol, et nous retournons à nos pinceaux. Lentement, je fais glisser mes couleurs en pensant à mon amie qui ne saura jamais si son père la trouve belle.

Je ramasse un morceau de mon casse-tête, celui où mon corps ondule tout seul sous les couvertures. Je le remets dans le tas, gênée. Non. Pas celui-là. J'en prends un autre, au hasard, celui où je supplie l'oiseleur de m'embrasser avec la langue. Non. Pas celui-là non plus.

Finalement, je raconte à Paule la fois où Catherine et Marc s'embrassaient sur le boulevard comme s'ils voulaient se manger l'un l'autre.

— Les baisers, c'est plein de bave.

— Comme la bave des crapauds?

— Oui.

On rit toutes les deux comme des hyènes.

— Peut-être que tu n'es pas prête pour

les garçons, Mira.

— Toutes les autres filles le font! je dis, en pensant au fond de moi que, pour Marc et l'oiseleur, j'étais presque prête.

— Prends ton temps. Il n'y a aucune règle qui t'oblige à embrasser les garçons ou à faire l'amour avec eux si tu ne te sens pas prête. C'est différent pour chacun d'entre nous. La sexualité est une chose mystérieuse. Pour l'instant, qu'est-ce qui est le plus important pour toi?

— Me boucher les oreilles lorsque ma mère invente un monde de malheur, observer autour de moi les arbres, les animaux... les gens. Les dessiner.

— Ta voix s'illumine quand tu parles de ce qui te passionne.

— Mais je ne suis pas comme les autres filles. Je suis la bizarre.

— Tu es toi. Tu es différente. Et je trouve que tu es très bien.

Et ma mère la bizarre, est-ce qu'elle est très bien, elle aussi?

— Puisque vous commencez à débloquer votre cerveau droit, et que vos mains sont plus souples, plus vivantes, et que vos têtes, vos corps, votre imagination s'accordent un peu mieux, c'est le temps de tenter une expérience spéciale, déclare l'oiseleur à toute la classe.

L'oiseleur est complètement fou. C'est ce que plusieurs pensent, à l'école. Moi, je sais bien que non. Je sais aussi que, pour l'instant, c'est trop tôt pour nous deux. Mais un jour, j'aurai dix-huit ans et j'irai sonner à sa porte. Qui sait? Qui peut savoir ce qu'il dira alors? Ce rêve-là, je ne le confie à personne, même pas à Paule.

— Je peux obtenir un minibus et vous emmener au sanctuaire d'oiseaux, poursuit-il. Nous partirions la nuit pour assister, à l'aube, au lever des oies des neiges et les dessiner en vol. Qu'en pensez-vous?

— Wow! s'exclame Catherine, assise près de moi. Des oies en vol, ça ressemble à des jupettes qui dansent! Moi, je suis pour!

Et toutes les deux, en choeur, nous crions à tue-tête:

— A-onk! A-onk! A-onk!

Tout à l'heure, l'oiseleur, dans le minibus, nous a dit: «Nous allons assister à un événement exceptionnel. Et nous allons tenter de

dessiner l'âme des oies, l'esprit des oies!»
Nous l'écoutions à peine, à moitié endormis.
D'ailleurs, Catherine n'est pas venue. Quand
elle a compris qu'il fallait se lever à trois
heures du matin, elle a déclaré: «Bof, dans
le fond, je préfère mon lit.» Elle est comme
ça, mon amie, une chatte roulée en boule à
côté du feu.

Au sanctuaire d'oiseaux, nous ne sommes
pas nombreux, debout et gelés, les doigts
gourds, au bord de l'immense champ, avec
une tablette de croquis d'une main, un crayon
de l'autre. Il fait noir encore, seule une mince
bande de lumière là-bas, à l'est, apparaît. Le
moment approche.

Je m'éloigne un peu des autres, pour
mieux entendre les frémissements, les quelques cris étouffés qui viennent de l'obscu-
rité. Elles ne sont pas tout à fait prêtes. Elles
attendent la lumière.

Lentement, le frémissement grandit, une
vague qui roule. La lueur de l'aube s'élar-
git, je distingue des points blancs au sol. Je
scrute, j'écoute leurs drôles de caquètements
excités, je suis un chasseur à l'affût. Ça s'en
vient... oh oui! ça s'en vient!

Elles vont lever... Elles lèvent!

Je saisis mon crayon, mon carnet de croquis. Je dessine furieusement, des lignes, des mouvements, des tourbillons de lignes, à une rapidité folle. Pas le temps de dessiner l'intérieur des corps, juste le mouvement. Ma main court sur le papier.

Ma main, leurs cris, mes yeux, les ailes, c'est blanc, mon corps, le ciel, les oies, je vole, moi, elles! Des milliers!

Je suis Mira, celle qui regarde!

On frappe à la porte de ma chambre. J'ouvre. Ma mère, son manteau sur le dos, annonce d'une voix frêle:

— J'irai marcher seule aujourd'hui.

Elle se retourne sans un mot de plus. Qu'est-ce qui lui prend? À qui va-t-elle parler de ses voleurs?

Je cours après elle dans le corridor, inquiète soudain de passer ce long dimanche après-midi toute seule.

— Qu'est-ce que je vais faire, moi?

— Fais ce que tu veux, Mirabelle.

Je rentre de l'école en observant les bourgeons qui pointent au bout des branches et ça me fait penser que bientôt, dans six semaines, je n'irai plus voir Paule dans le dernier bureau au fond du couloir G, et que ça me rend triste.

En levant la tête, j'aperçois, de l'autre côté du boulevard, un grand gars efflanqué qui marche en balançant les épaules. C'est Marc! Je ne l'avais jamais revu depuis la fois qui m'avait fait si mal, la fois où il embrassait Catherine, la serrant tellement fort qu'ils avaient l'air d'un animal à huit pattes et à deux têtes. Il marche tranquillement en balançant les jambes, les épaules. Il avance comme si la vie lui appartenait.

Ah non! pas ça! Encore! Ça s'engouffre en moi, la tristesse, la solitude, les morceaux de moi cassent, s'effritent. Je tombe dans un espace sans fin, j'ai si froid... À quoi vais-je m'agripper?

Je ferme les yeux pour ne plus le voir, ça fait trop mal. Derrière mes paupières, je me retrouve au bord du champ, les oies des neiges lèvent dans un tourbillon, et moi, au milieu d'elles, dressée, je suis vivante! Moi aussi, ma vie m'appartient! Ma vie à moi!

J'ouvre grand les yeux et, sans réfléchir, je fais des moulinets avec les bras, mes oiseaux balayant le ciel autour de moi.

— Allô, Marc! Allô!

Il me fait un petit salut, l'air étonné. Puis il détourne la tête et poursuit son chemin, en balançant les jambes, les épaules, disparaît au tournant. Il ne m'a pas reconnue. Il n'avait vu de moi que mes cheveux longs, rien d'autre...

Très doucement, pour que mes morceaux ne s'effritent pas à nouveau, mes oiseaux planant autour de ma tête, je me remets en marche. J'ai envie d'arrêter au parc pour voir si les feuilles du ginkgo ont commencé à s'ouvrir. Elles sont si jolies, ses feuilles en forme d'éventail. Après, en faisant quelques détours, je rentrerai rue des Amélanchiers.

J'entre en coup de vent dans son bureau.

— Paule! Paule! Il n'était pas mort!

— Hein? Quoi? Qui? Frappe avant d'entrer!

— L'arbre dont je t'ai parlé! Le jeune érable devant la bibliothèque! Il a des bourgeons sur presque toutes ses branches!

Et je virevolte au milieu de la pièce dans la jupette bleu indigo que m'a donnée Catherine.

Aujourd'hui, je parle encore à Paule de Strogoff, de mon désir de connaître la toundra, d'observer les animaux, de les dessiner.

Quand j'étais petite, à la même époque que les crayons de couleur turquoise irisé comme la queue du paon, zaune pinzon et tout, mais avant le petit avion du manège, mon père, ma mère et moi, nous étions allés à la pourvoirie du lac Perdu pour toute une fin de semaine, un printemps.

Ma mère faisait la sieste, et j'étais allée me promener avec mon père dans la forêt. Il avait mis sa veste à carreaux rouge de chasseur et nous marchions dans un étroit sentier de rondins qui s'éloignait du chalet en contournant le lac Perdu. Il m'avait dit, pour rire, comme le font les adultes, parfois: «Si on continue vers le nord, très longtemps, on arrive à la ligne des arbres. Ensuite, c'est la toundra.» Il m'avait expliqué que là-bas il n'y a plus d'arbres, sauf des bouleaux nains, que les bouleaux nains sont si petits que lorsqu'on marche dessus, on croit marcher sur des broussailles. Que la lumière d'été, à cette latitude, est la plus belle du monde, et qu'il n'y fait jamais nuit. Mais l'hiver ressemble à la mort, noire et glacée.

Je marchais la première sur l'étroit sentier qui serpentait dans la forêt. Je sentais sa présence dans mon dos, et sa voix, qui me décrivait les hardes de caribous et les mouvements des aurores boréales, coulait, pleine de tendresse. Je croyais que nous n'allions plus revenir en arrière, que je partais avec lui pour toujours. Des milliers de kilomètres à pied jusqu'à la toundra! Quand on est petit, on croit n'importe quoi...

— Mmm... fait Paule.

Ce qui signifie: «Continue, je suis là, je t'écoute.»

— Tout à coup, un grand craquement. Face à moi, sur le sentier, un orignal, aussi grand que Strogoff. Pendant une seconde, nous sommes restés immobiles, tous les trois. J'ai été soulevée de terre par les bras de mon papa. Il a fait volte-face et il a couru, moi accrochée à son cou. L'orignal a détalé dans l'autre sens, et le sol a tremblé. Ils sont très timides, tu sais, sauf pendant la saison des amours. Je n'ai pas eu peur. Les bras de mon papa me protégeaient.

— Tu l'aimais beaucoup...

— Oui, je dis, dans un souffle. J'aime les orignaux.

— Non. Ton père.

Je bondis sur mes pieds. Je la déteste!

— Il est parti de la maison! Il n'a pas pensé une seconde à m'emmener avec lui!

143

Il m'a laissée toute seule avec elle! Et puis il est mort! IL EST MORT, ENTENDS-TU? IL M'A VRAIMENT LAISSÉE TOUTE SEULE AVEC ELLE POUR TOUJOURS!

Ça fait si mal que je me couche par terre, les genoux contre mon ventre, mes bras par-dessus ma tête. Je gémis comme un animal blessé.

— Ça fait mal, Paule! Ça fait trop mal!

Ça va faire mal toute ma vie, ça.

Chapitre 11

La tendresse

Je me réveille en sursaut, des pensées noires plein la tête, comme avant. J'ai rêvé que je tombais dans la crevasse. Et s'il n'y avait eu personne? Si l'oiseleur n'avait pas aimé mon croquis de l'arbre mort trop jeune, ce jour-là? Si Cath n'était pas venue me parler la première, à la bibliothèque? Si Paule n'avait pas réussi à m'apprivoiser... Que me serait-il arrivé, si j'étais restée seule pour toujours avec ma mère dans le demi-sous-sol de la rue des Amélanchiers, avec les ailes brisées, les plumes arrachées?

Enfouie au fond du fauteuil bleu, mes bras autour de moi, la tête dans les genoux, je n'ai plus de mots. Je me berce d'avant en arrière. Je veux retourner me cacher dans mon trou. Rester toute seule.

— Quand ton père vous a quittées, toi et

ta mère, tu t'es sentie abandonnée, murmure Paule avec sa voix la plus douce de toutes. Lorsqu'il est mort, tu t'es encore sentie abandonnée. Maintenant, c'est moi qui vais partir bientôt et on ne se verra plus. Est-ce que c'est pour ça que tu pleures et que tu ne veux plus me parler depuis deux semaines?

— Vous êtes tous pareils! Je vous déteste! Tu n'as pas le droit de t'en aller!

Pendant que nous rangeons notre matériel de dessin, et que je m'apprête à sortir du local avec Catherine pour aller au Stop Café, l'oiseleur me fait signe de rester. Mes mains deviennent moites. Que me veut-il? Il ne m'a jamais adressé la parole seul à seule depuis l'épisode de la bibliothèque...

— Mirabelle, ton talent pour le dessin et la peinture s'affirme de plus en plus. Tu fais des progrès étonnants. Tes croquis des oies en vol sont vraiment très bien.

— Merci...

— Écoute, il se donne un stage d'été pour les élèves doués. Ça dure un mois et, cette année, il porte plus particulièrement sur le dessin d'observation dans la nature. Je crois que, en ce moment, tu pourrais tirer grand profit d'un stage comme celui-là. Penses-y et nous en reparlerons.

— C'est impossible. Ma mère...

Qu'est-ce qu'il comprendrait à ma mère, lui? Comment pourrait-il imaginer à quoi ressemble la vie dans le demi-sous-sol de la rue des Amélanchiers?

— L'amour des animaux et de la nature, le désir de les comprendre, on dirait que cela te vient de ton père, comme un héritage qu'il t'aurait laissé... commence Paule.

— Ouais... ça se peut...

— Il n'avait aucun désir de revoir ta mère, après la séparation, n'est-ce pas? Pourtant, il vous rendait visite de temps en temps. N'as-tu jamais pensé que peut-être il ne venait que pour toi?

C'est étrange. La semaine dernière, je la détestais parce qu'elle allait me quitter, elle aussi. Mais ma colère a fondu quand elle m'a expliqué combien ça la rendait triste de s'en aller, de ne plus me revoir et qu'elle aurait aimé... comment elle a dit ça... «T'aider à te construire.»

— Et ta mère? poursuit Paule. Qu'est-ce qu'elle t'a donné, elle?

— Rien! Je déteste les couleurs, les tricots, les retailles bigarrées! Je veux m'en aller loin d'elle, ne plus jamais revenir!

— Mmm... fait Paule, ce qui signifie qu'elle réfléchit. N'a-t-elle pas recousu les ailes de ton oiseau?

— Je ne veux pas d'une mère comme ça! En voudrais-tu, toi?

— On ne peut pas changer de parents, Mira.

Sa voix est rêche en disant ça. Puis je sens que ses yeux deviennent tristes, derrière ses lunettes teintées.

— Moi, vois-tu, ma mère m'a donné en héritage des cheveux roux. Je ne peux pas les voir. C'est difficile, pour un aveugle, d'imaginer les couleurs. J'en ai beaucoup de peine.

— Tu as les plus beaux cheveux du monde... La plus belle couleur de cheveux que j'aie jamais vue.

— Mmm...

— Soyeux comme une fourrure de renard, chauds comme un coucher de soleil. Chaque fois que tu bouges, j'imagine un feu de joie dans la nuit... Je voudrais tant que tu voies, Paule!

Elle fait un geste de la main, sourit. Nous restons silencieuses pendant que nous pensons à ses cheveux roux comme le pelage roux du renard roux...

— Merci, Mira... Mais... tiens donc, toi... Je croyais que tu n'aimais pas les couleurs?

Je suis découragée. Paule n'arrête pas de me répéter qu'on va se quitter bientôt et qu'elle me veut prête, pleine de vitalité, et grande et tout. Mais moi, je suis toute petite encore!

— Écoute, dit-elle, je veux que tu comprennes une chose très importante, que tu ne dois jamais oublier. Ta mère est une personne très fragile, je te l'ai déjà expliqué. Tu ne pourras jamais compter sur elle autant que tu le voudrais. Tu vas devoir te trouver d'autres modèles, d'autres adultes qui vont t'aider à grandir. Moi, maintenant. Tes profs. D'autres personnes que tu croiseras sur ta route. Surtout, Mira, tu as toi. Tu es forte et tu vas trouver ce dont tu as besoin.

Je ne suis pas forte, moi! Je ne suis pas capable de foncer dans la vie, moi! Elle ne comprend donc rien?

— Tu ne comprends rien! Pourquoi je suis née, aussi... Pourquoi je suis sortie de son ventre à elle, moi... Pourquoi j'ai été jetée dans une vie que je ne comprends pas... Ce n'est pas juste! C'est trop dur! Je ne suis pas capable!

— Arrête! Arrête ça tout de suite! interrompt Paule, l'index dressé vers moi. Tu es une artiste, tu es spéciale! Les animaux! Les couleurs! Le talent de dessiner! Ton imagination! Tout ça, ce sont tes outils à toi! Tu n'as qu'à les utiliser! Tout le monde n'a pas reçu un talent comme le tien, et ça non plus, ce n'est pas juste!

Paule est furieuse et moi, enfoncée au fond du fauteuil bleu, je veux disparaître, parce que, derrière ses lunettes, je suis sûre que ses yeux ressemblent à ceux de ma mère, pleins de colère et de haine.

— Excuse-moi, dit-elle, en reprenant son calme. Je vais trop vite et je ne voulais pas t'effrayer. Mais quand tu t'arraches les plumes, ça me fait mal...

Depuis que j'ai disparu pendant deux jours et une nuit, depuis que j'ai les cheveux hirsutes comme un animal libre de la forêt, depuis qu'elle va marcher sans moi, ma mère a un peu changé. Elle n'a pas refusé pour l'excursion aux oies. Aujourd'hui, j'ose lui demander l'impossible.

— Maman...

— Qu'est-ce qu'il y a?

— La grande boîte de crayons de couleur que papa m'avait offerte, tu te rappelles? C'était lui ou toi qui voulait que j'apprenne les couleurs?

— C'est moi, répond-elle sèchement. Lui, c'étaient les animaux qui l'intéressaient. Son travail de recherche. Sa liberté. Ses amours. C'était sa manière à lui d'être heureux.

— Maman... mon professeur d'arts plastiques m'a dit que, cet été, il se donne un stage de peinture pour les élèves doués. Il me conseille de m'inscrire. Ça dure un mois. C'est loin d'ici. Je veux y aller.

— Non! Jamais!

Paule m'avait prévenue: «Ta mère va commencer par refuser. C'est très dur, pour elle, de se séparer de toi. La plus petite des deux, la plus fragile, la plus seule, c'est elle. Mais toi, ne t'arrête pas! Tu dois prendre tes distances. Sinon...»

Je sais. Sinon, elle va me voler ma vie et la manger.

Ça sonne à la porte. Ma mère regarde par l'oeil magique, fait glisser le loquet. Sur le seuil, Catherine. Une femme, avec de longues jambes et des bas résille, debout sur ses talons hauts, l'accompagne. À part le collier de perles, elle n'a pas l'air si bizarre que ça, je trouve.

— Je vous présente ma mère, Sophie, dit Cath.

— Voici ma mère, Marie.

Elles entrent au salon. Nous restons toutes les quatre debout comme quatre piquets.

— Voilà... hésite Sophie, un peu mal à l'aise. Ma fille m'a raconté que vous inventez des modèles originaux, des tricots, je crois. Je suis à la recherche de nouveaux stocks pour l'automne prochain et...

Ma mère, sans prendre la peine de répondre, tourne les talons, disparaît dans le corridor, et nous attendons la suite sans un mot. Je n'ose pas regarder Catherine. Et si son idée ne marchait pas?

Ma mère revient avec sa plus grande boîte de carton, celle qui bouche la porte d'en arrière. Elle ouvre les rabats, la retourne à l'envers et la secoue. Mille couleurs s'échappent et tombent au milieu du tapis.

— Les écharpes, les bonnets, les chandails sont tous différents, dit-elle. Ma fille ne veut pas les porter. Elle n'aime que le noir.

Nous n'allons plus marcher ensemble. Elle s'en va étudier la peinture pendant un mois.

Sophie s'agenouille, prend dans ses mains les lainages, les examine avec soin, un par un.

— Prenez-les si vous voulez, poursuit ma mère. Prenez-les tous. Je veux les jeter, de toute façon. Je n'en peux plus de ces boîtes. Je ne peux plus continuer comme ça, vous comprenez?

— Je serais heureuse de les acheter pour ma boutique, dit Sophie. Ils sont très beaux. Vous êtes une artiste, Marie. M'en ferez-vous d'autres?

Marie Petit reste sans voix, puis...

— Vous... vous les trouvez beaux?

— Si j'en crois ma fille, vous faites aussi de la couture et vous inventez vos propres modèles... Montrez-moi donc tout ça.

C'est la dernière fois que je vois Paule avant les vacances. C'est la dernière fois que je vois Paule tout court. Je ne suis pas triste, non. Oui, un peu, parce que je ne la verrai plus jamais et aussi parce qu'on n'a pas eu le temps d'examiner tous les morceaux de mon casse-tête géant, il est encore plein de trous.

Mais j'ai tellement hâte à l'été! Quelque chose de plus fort que moi me tire, me pousse et me donne envie de courir droit devant!

Elle est fière de moi. Je le vois dans son sourire qui m'enveloppe comme si j'étais une personne très précieuse et très spéciale. Je le vois dans la façon qu'elle a de pencher la tête de côté lorsqu'elle s'adresse à moi.

— N'oublie jamais tes désirs, me dit-elle, en faisant un geste des deux mains comme un papa qui encourage sa petite fille à faire ses premiers pas toute seule. Accroche-toi à eux, vole avec eux. Tes beaux désirs. Tes magnifiques désirs!

Elle me répète une dernière fois des paroles à propos de la séparation, des parents, de la vie qui nous est donnée et que c'est à chacun de nous de la construire.

— D'autres moments difficiles surviendront, Mira. N'oublie pas que tu croiseras d'autres personnes sur ta route...

Paule est pressée de déposer dans mon sac à dos tout ce qu'il faut pour un très long voyage en solitaire: une boussole, de la nourriture et des vitamines, un imperméable et des bas chauds. Je ne comprends pas tout. Ce n'est pas grave, j'emporte ses paroles avec moi. Un jour, si j'en ai besoin, je les entendrai à nouveau.

— Surtout, prends bien soin de l'artiste qui veut peindre et dessiner les animaux, écrire des histoires.

Et après un silence dans lequel on est bien, elle ajoute que, toute sa vie, j'occuperai une place privilégiée dans sa mémoire, qu'elle pensera à moi avec tendresse.

Jamais personne ne m'a parlé comme ça. Je le jure. Jamais.

Puis, parce que tous les mots sont dits, il est temps de se quitter. Nous nous levons toutes les deux ensemble. Ah! je suis plus grande que Paule, c'est la première fois que je m'en rends compte.

J'ouvre la porte. Prête pas prête, j'y vais. Ma vie m'attend! J'y cours, j'y vole, attendez-moi! Mais... voyons... qu'est-ce qui m'arrive?

Dehors, l'oie des neiges s'envole en criant sa joie, Strogoff étrenne son nouveau panache, Catherine et mille merveilles m'attendent, je le sais, je le sais, je le sais! Mais dehors, les grandes peurs rôdent... J'ai peur, moi, de tomber du petit avion, d'être avalée tout rond comme une prune jaune et dodue, sans parler des langues de tamanoir. Et ma mère, la fragile, la très très bizarre, qui m'effraie plus que tout le reste... et qui, toute ma vie, restera ma mère.

Je me retourne à demi, chuchote:

— Est-ce que tu me prendrais dans tes bras, rien qu'une petite minute?

Sans attendre la réponse, je cours me blottir contre elle et ses bras se posent autour de moi, me tiennent juste comme il faut, ni trop ni trop peu.

On reste comme ça, nous deux, sur le seuil, une longue, très longue minute.

Tables des matières

Parus à la courte échelle, dans la collection Ado

.

Achevé d'imprimer
en septembre deux mille cinq, sur les presses
de l'imprimerie Gauvin, Gatineau, Québec